Enjoy your
niwatori
life.

享受北海道

日本KUNAW Magazine 著

孙健 译

南海出版公司

新经典文化股份有限公司
www.readinglife.com
出　品

大家好，我们是 KUNAW Magazine，
位于北海道带广市的一个小小编辑部。
我们通过杂志《northern style SLOW》，
不断地向大家传递生活在北海道的那种心灵充实感。

在介绍活跃在北海道的魅力人物的过程中，
我们注意到他们当中许多人是移居者，
于是从此前的采访中选出了与移居者相关的故事，
结集出版了《我想住在北海道》一书。

后来，我们发现还有许多故事想和大家分享，
因此又出版了这本《享受北海道》，
分享移居者的生活方式，展现北海道特有的生活乐趣，
为喜欢北海道的朋友提供参考。

另外，在《我想住在北海道》一书中，
许多移居者创作了具有北海道特色的手工艺作品。
在本书末章题为"早期移居者的故事再续"部分，
记录了部分移居者后续的幸福生活。

希望大家在阅读这本书时，
内心会生出一份憧憬和喜悦。

目 录

CHAPTER 1　生产自然的食材

隐身富良野深山的布丁小店

食材与内心皆顺其自然
～虾夷阿姆布丁制造所～

与其被不喜欢的事桎梏一生，
不如在兴趣的道路上追求极致，或许并没有想象的辛苦。
从城市到深山，阿姆布丁多了一缕自由的香气。

采访、文字／和田玖实子　摄影／村上真美　设计／高山和行

靠做喜欢的事安身立命

　　若想拥有真正属于自己的无悔人生，还是应该把喜欢的事情作为工作。在我看来，要寻找能充分发挥自身才能的工作，最简单的方法就是，在能让自己感到愉快的事物后面试着加上"家"这个字。比如，喜欢画画的人是"画家"，喜欢打网球的人是"网球专家"，专于思考的人是"思想家"……像这样，慢慢发现自己想要成为的"家"。接下来，再思考一下自己是否有信心在这条路上全心投入、追求极致。如果与其他人相比，你有着惊人的执着，就有可能以此为立身之本，生活下去。

　　"虾夷阿姆布丁制造所"位于邻近富良野麓乡的一个叫作平泽的深山小村，在这里，靠做布丁维持生计的阿姆（本名加藤香织）和"队长"（本名加藤公之，阿姆的先生）简单地实践着"靠做喜欢的事安身立命"的理念：在一片美丽富饶的自然乐土，做自己最爱的布丁，与家人朝夕相伴，悠闲栖居。对阿姆来说，现在的生活没有一丝妥协，实在是自由愉悦，而这份美好也反映到了布丁之中——尽管市面上充斥着品类繁多的同类产品，可他们还是做出了口味独一无二的布丁。

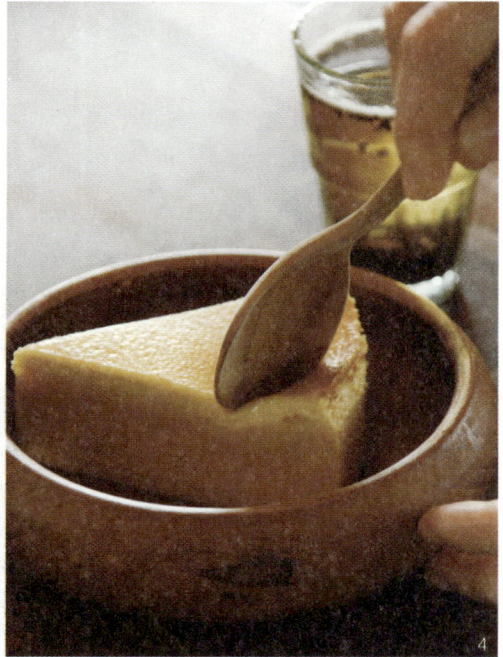

1. 布丁烤好后专用的冷却箱是用拆除仓库后的废弃材料做的。　2. 布丁店坐落于深山之中，基本的销售渠道是邮购，订单来自日本各地。　3. 在窗边的固定座位接收电话订单的"队长"，他曾是平面设计师。　4. 原料牛奶未经脂肪均质化处理，布丁表面会有一层奶油。

阿姆每次会用 40 颗鸡蛋烤 6 个布丁，每天烤 3 次，一天能做出 18 个布丁。

寻找理想之所

搬到平泽之前，阿姆和队长住在东京。当时，他们将家中一隅打造成了烘焙工作室，布丁烤好后就在吉祥寺和国立一带开车贩售。虽然没有固定的店面，但用大号模具烤制、像豆腐一样切成小块售卖的阿姆布丁很受欢迎，被大家称为东京不为人知的极品美食。

虽然实现了以做布丁为生的梦想，不过在东京卖了两年布丁之后，阿姆清楚地感受到，东京并非自己最终的安身立命之所。"我放下了所有的外在限制，单纯地思考自己以后想在什么样的地方生活。深思熟虑后，我发现自己非常热爱大自然，同时也希望不受语言限制。在日本，自然资源最丰富的地方就是位于国土南北两端的冲绳和北海道了。"幸运的是，与她感情融洽的队长虽然从小到大都生活在城市，但对于住在哪里却相当随性，换句话说，无论身处何地，他都能恬然自适。于是，两人的移居计划启动了。

烤箱每次可以烤6份布丁，每天最多烤3次。

阿姆正在将蜂蜜加入蛋液中。

看似素坯的模具内层涂有釉药，可以用来做焗烤类菜肴。

自然的原料，新生的布丁

当两人在北海道与冲绳之间犹豫时，最终将他们向北奋力一推的，是对于做布丁这份工作的认同。从制作布丁的角度思考，北海道确实是个汇集各种优质原料的地方：每日清晨，从养牛人家取回刚挤出的新鲜牛奶；靠年金生活的邻家老爷爷送来完全不计较利润的自然派鸡蛋；甜菜糖也来自自家的农田。既然当地拥有这么多难得的食材，他们索性放弃了以往依赖的进口香草籽，改用美瑛当地出产的蜂蜜来增添风味。"每种原料都比以前的更好，做出来的布丁自然也更加美味，完全是不同层次的东西了。以前在东京用的布丁原料虽然也不错，但是做出来的成品与现在完全没有可比性。"布丁跟随阿姆移居到了北海道（古称虾夷）之后产生了质变，进化为"虾夷阿姆布丁"。

即使用同样的食谱，虾夷阿姆布丁的味道还是每天都有微妙的变化。牛群的身体状况和季节不同，牛奶的纯度、甜度也不尽相同；蜜蜂采蜜的地点和当季盛开的花朵种类不同，蜂蜜的香气也会改变。"味道无时无刻不在变化，令人非常惊喜，布丁好像是有生命的，越看越可爱。以前也觉得布丁很可爱，但从未像现在这样，觉得它们是活生生的。"站在一般商品开发的角度来看，无法保持稳定的口味或许是个缺点，不过这恰恰是坚持选用天然原料的结果，也成了虾夷阿姆布丁引以为傲的特色。

选择自由，或许并没有想象的辛苦

两人用废弃的木材，亲手搭建了一间小小的工作室。它孤零零地伫立在山丘上，位于狭窄的碎石坡道尽头。天晴时从这儿眺望东北方向，富良野山岳景色迷人。然而，在对北海道一无所知的情况下，单凭对

最难的是烘烤过程。有时需要调换布丁的位置，有时需要加盖，前前后后要花 70 ～ 90 分钟仔细照看。

电视剧《北国之春》的印象挑选了这样偏僻的地方，想必也吃了不少苦头。问及于此，阿姆却笑眯眯地说："没有没有，一点也没有！这里和我们想象的完全一致，甚至远超预期，没什么不如人意的。现在的生活也和我们内心的愿景非常接近。"身边的队长板着面孔，一脸严肃："真的一点也不辛苦。很多人不约而同地问'很辛苦吧'，可是的确没什么辛苦的。""大家为什么都要想得这么辛苦呢，辛苦的事情应该放手呀。"阿姆脱口而出。细细想来确实如此，或许所谓的辛苦，只是被自己的成见召唤来的"现实"吧。

对周遭事物反应单纯的阿姆，她本人就是自由的典范。原以为自由无须学习，但无论是运动、学术、才艺、家事，还是其他领域，都会有杰出的引领者。也许自由同样需要引领者，尤其是在日本这个国家，有太多的人难以享受自由，但周围却很少有人能担当引领自由的重任。渐渐地，身受桎梏的人充斥了社会，根本无法真正享受人生。和阿姆、队长在一起，感觉心灵好像慢慢获得了释放，也明白了即便长大成人，我们依然可以怀有孩童般的自由感性。就像虾夷阿姆布丁单纯地将原料的特质发挥到极致一样，如果我们能以更纯粹的态度享受人生，不知该有多好。

虾夷阿姆布丁制造所
エゾアムプリン製造所
富良野市字平泽丘之上
TEL.0167-27-2551
休息日／星期一、星期二
http://www.amupurin.com/
※ 布丁的保存期限为送达后的 5 ～ 6 天。
　仅接受电话预约。

东京时代的阿姆布丁所用的移动售卖车，
如今静静地停放在田间。

春之炼切，3种樱花造型的和菓子之一。炼切是和菓子的一种，通常用白扁豆粉和糯米粉做外皮，填入红豆沙馅。力求通过外皮的颜色和形状变化，展现四季之美。

黑松内的一间和菓子店

将感恩融入手作的馅料
～和菓子店铃屋～

偶然的相遇翩然降临。
面对缘分的恩赏，铃屋店主欣然接受。
他们将这份感恩融入和菓子，化作温暖人心的力量。

采访、文字／名嘉真咲菜　摄影／高原淳　设计／高山和行

对每一次相遇心怀感恩

　　人与人的相遇不是从茫茫人海中有意识选择的，但那唯一的一次相遇有时会产生似乎事先约定好的结果。这样的相遇是偶然，还是必然？若是偶然，过程也太完美了；若是必然，却又是在非常不确定的基础上发生的。那些影响今后人生方向的相遇，我们都无法预料。

　　无论如何，对于只能顺应这一切、努力生活的我们而言，能做的就是对每一次相遇都心怀感恩。认真体会今天的机缘，用心品味它的宝贵之处，最重要的是将这样的感恩一点一滴铭记在心。

　　宫内幸基先生和妻子 Yumi 女士在黑松内町开了间和菓子店，也是因为这样的相遇。他们怀着对这份相遇的感激之情，认真过着每一天。

　　"只要食客赞一句'好吃'，我就心满意足了。"幸基先生为人谦虚，他时常在心底对和菓子店的每一位顾客默念这句话。

　　"变好吃吧，变好吃吧。"馅儿在幸基先生的手里旋转着，他在菓子外皮上雕出花

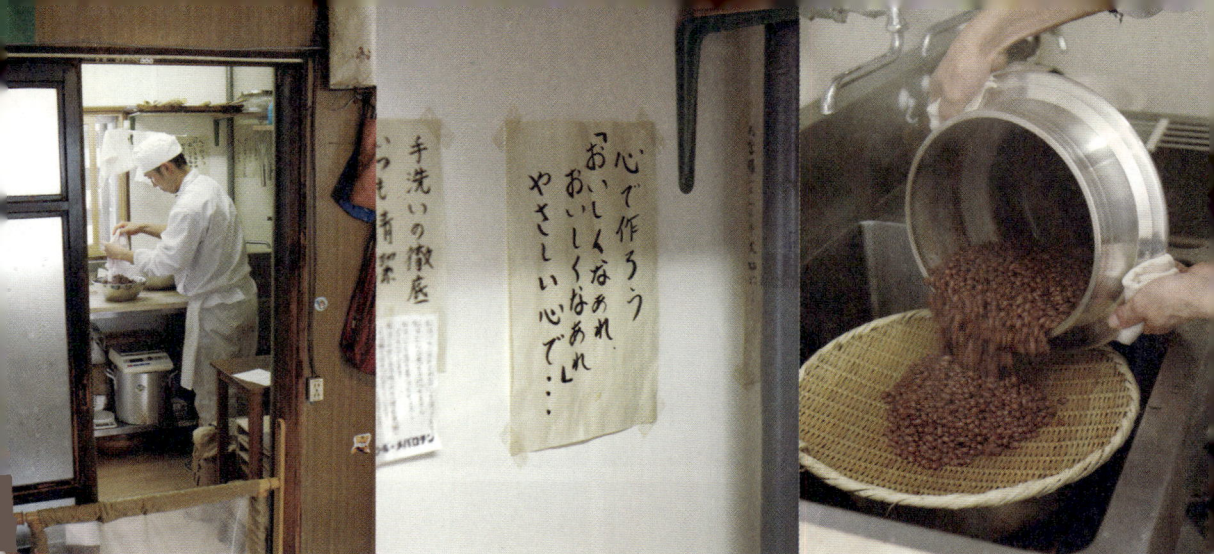

左／装修前 6.5 平方米的榻榻米工作室。 中／工作间的墙上贴着幸基先生的福咒：用心制作，"变好吃吧、变好吃吧"，用温柔的心制作。 右／制作红豆沙的第一步。一边碾压，一边用粗孔笸箩冲洗过滤。一次能做 0.5 升豆沙馅。

形、刻出水纹、捏出果实，成品的形状宛如跳起的鱼儿。幸基先生做的生菓子①能够从味觉和视觉两个角度让人感受到一种特别的美味。

在店门前售卖这些美味和菓子的是 Yumi 女士。她性情爽朗，不惜花费时间用心待客。与顾客交谈时，她会热情地注视着对方，让人感觉舒适而亲切。单从和菓子的包装就能感受到她的细致、用心。

融融的暖意，低调的小店

和菓子店铃屋位于仅有 3 千人的黑松内町，从镇中心沿国道驱车 3 公里即可到达。从外面看，铃屋只是在略显陈旧的普通民房上挂了一块毛笔字招牌。人们很难想到这里会有一间和菓子店，开车路过的人如果不是有意识地减速寻找，很容易错过。铃屋就是这样一间让人意外又好奇的小店。

从 2008 年开业至今，越来越多的人知道了这家店的存在。尤其是周末，听说还有来自札幌和函馆的客人开车兜风时特意前来。不过，平日的客人大多来自町内和邻近的町，所以常常能在店前的道路上看到熟悉的车辆。

2007 年，和菓子师傅幸基先生和 Yumi 女士带着幼小的孩子移居至此。夫妇二人分别在神奈川和东京长大，非常向往田园生活。在多次来北海道旅游的过程中，不

①生菓子是指含水量较高的夹馅和菓子，保质期较短，是相对于日式煎饼等干菓子而言的。

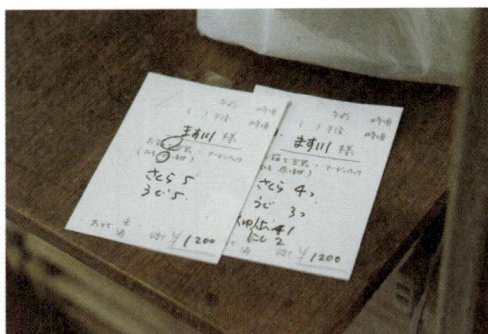

知不觉地，在北海道生活变成了他们的理想。他们抱着试一试的态度参加了黑松内町举办的移居体验活动，在这期间深深地感受到了町政府的工作人员、房东以及移居前辈的亲切与温暖。"如果在这里没有遇见这些善良的人，或者有一点点让人讨厌的事，也许我们就不会搬过来了。"正如两人回顾时所言，即便说他们正是因为遇见这些温暖的人才决定移居至此，似乎也不为过。在回程的渡轮上，两人就下定了决心移居。

高中毕业后就开始做和菓子的幸基先生，那时已经在镰仓的和菓子店做了14年的学徒，达到了可以自立门户的水平。一开始他并未打算在移居地开和菓子店，可是不做和菓子又时常技痒，觉得浑身不舒服，于是他把自家的一个房间改建成了和菓子制作间。现在，从早晨开始，每天大部分时间他都在制作间里度过，为顾客提供新鲜现做的和菓子。

小巧的点心，温柔的心意

在铃屋订货时，Yumi女士会在店门口把和菓子套盒拿给顾客看，顾客可以从套

点上黄色的花蕊，樱花炼切就做好了。

盒里的 6～8 款点心中任意挑选。经典款和菓子，据说也是幸基先生为铃屋制作的首款和菓子，叫作朱太川香鱼和菓子，是根据流经黑松内町的朱太川命名的。它本应是季节限定的，但因为订单不断，后来就成了经典款人气点心。另外，在 3 月有樱饼，8 月有盐羊羹，10 月还有栗子馅的金锣……每个月都有应季的品种，另外还有几款应季的炼切和菓子。

据说，幸基先生在制作和菓子时，最花心思的工序就是馅料制作，特别是在做炼切和菓子的时候。这款点心整个都是由馅料做成的，馅料直接影响整体品质。同时，最费时费力的环节也是馅料制作，尤其是红豆沙。如果用酒来比喻馅料，红豆沙就像是大吟酿①，因为煮熟的红小豆要经过两个阶段的反复碾压、过滤，最终只剩下原来的一半。

因此，很多和菓子店都选用买来的成品红豆沙，尤其是对小店来说，这样可以大大提高效率。但是，幸基先生却坚持每次花 3 个小时自制红豆沙。"我以前也不知道，

①最高级的日本清酒。将大米抛光除去 50% 以上的表层，仅用米芯酿酒，避免表层所含的蛋白质影响酒的口感。

1.3月推荐的和菓子——樱饼。　　2.樱花炼切。清雅柔和的浅淡颜色是铃屋和菓子的一大特点。　　3.朱太川香鱼和菓子，有牛皮糖和豆沙两种馅料可以选择。　　4.同为春款的和菓子——莺饼。

一次，有一位同行的朋友来我家做客，他很惊讶——我们竟然在这么狭窄的地方自己埋头做红豆沙。"Yumi 女士说。幸基先生既没有附和着强调这一点，也没有丝毫引以为豪的样子，他只是在旁边静静地微笑着。他们全心全意所做的一切，都是为了食客们。

另外，关于红豆沙的原料红小豆，宫内夫妇能结识供应商，也是与他人相遇而结出的幸运之果——他们的房东恰好就是种植红小豆的农民。

作为点心师的幸基先生从好几个备选小镇中选择了黑松内，搬来时恰巧有一间条件合适的空房子，房东还是红小豆种植户……这一切到底是偶然还是必然？无论怎样，想必幸基先生今天也会一如既往，继续用力碾压、仔细地过滤着红豆沙吧。

"'前几天的樱饼真好吃呀'，客人们类似的夸奖我会尽量如实转告给他。因为他听到后会非常高兴，好像那些话变成了制作点心的动力。"幸基先生性格腼腆，言语不多，Yumi 女士悄悄地告诉了我这些。

买自己做的点心的人、喜欢吃自己做的点心的人，还有为自己提供原料的人，幸基先生从他们的笑容和话语中得到力量，同时怀着对每一个人的感恩之心，一心一意却又非常低调地继续制作和菓子。我想，也许是这样的感恩和福咒一起被揉入了点心的缘故吧，从幸基先生手中诞生的小点心，那份美丽会温柔地渗入到人们因日常的忙碌而不知不觉变得坚硬冰冷的内心中。

和生菓子　铃屋
和生菓子　すずや
黑松内町字旭野 62-4　TEL.0136-72-3581
营业时间／9：00 ～ 18：00
休息日／星期二、星期三
※ 暑假和年初第一周休息。具体营业时间请直接联系本店。
※ 数量有限，售完即止。
　另外，如需订购炼切和菓子，请预先联络。

为人敦厚坦率的幸基先生和 Yumi 女士夫妇。当时 Yumi 女士正怀着在 2009 年夏天出生的二儿子。

波罗尼的养鸡师傅
富有生命力的食材

还有什么食材能像鸡蛋一样，
在我们的饮食中呈现出如此多样的面貌？
生食、煎、炒、煮、炖，揉入面团中，刷在甜点表面增添
光泽……
仔细一想，几乎不可一日无鸡蛋。
"所以才有趣啊！"养鸡师傅说道。
正因为是生活中不可或缺的东西，生产的意义也格外重大。

采访、文字／名嘉真咲菜　摄影／高原淳　设计／高山和行

人生在世，为社会贡献了什么

　　波罗尼养鸡场静悄悄地伫立在标茶町的山间。住在这里的是大木义明先生的 600 只鸡，还有寄托着未来希望的 200 只小鸡。坐落在群山之中的养鸡场坚持与自然同步，无论是强风烈日，还是严冬酷寒，都始终遵从自然的规律。

　　大木先生来自东京的传统工商业街区，出身于工匠世家的他也走上了匠人之路，从相关专业院校毕业后，进入烧制七宝烧（金属珐琅器）等贵重金属工艺品的工坊工作。不过从 20 多岁起，他开始对制作饰品的生活产生了疑问。"彻夜苦干，就算做出的戒指再精致，也只是为了装饰阔太太们的手指。在日复一日的工作中，我渐渐迷失了工作的价值感，也慢慢意识到自己不愿为此虚耗一生。"无论什么时代，昂贵的饰品都是为富裕阶层而存在的，换句话说，这些东西并不是生活必需品。大木先生开始思考，自己亲手创造的东西究竟会产生怎样的影响。当时，他一有空闲就会前往关东

1. "波罗尼"在爱奴语（北海道原住民爱奴族使用的语言）中是"大树"的意思。这里共有4栋倚山面河的鸡舍。
2. 7天大的小鸡们。从这个时期就已经开始逐步调整体质，以产出优质的鸡蛋。　3. 在标茶町，寒冬的气温会低至零下25℃，鸡舍上只盖着一层塑料布。除了阳光和微风，这里的鸡也要经受寒冷。　4. 波罗尼养鸡场饲养的是伊沙褐壳蛋鸡。母鸡是咖啡色的，公鸡全身白色。

以北登山、旅行。与单纯地登山相比，他更喜欢在山中缓步慢行、四处游走。漫游山中的同时，他应该也在思索自己的人生与未来吧。

　　1986年发生在苏联的切尔诺贝利核事故让苦恼已久的大木先生有了更为明确的想法。考虑到核辐射可能会影响到东京，他终于下定了决心："现在不是埋头悠闲做戒指的时候了，应该把自己的人生用在更有价值的事情上。"

　　大木先生首先想到的是被统称为第一产业的农林渔牧业。他认为，生产的东西越接近原料，就越是用途多样，不可或缺。寻找新工作和移居的念头日益强烈。他在北海道钏路的青年旅馆打过工，也做过几份其他工作。就像是命中注定的，他在31岁那年接触到了养鸡行业，在一家农场找了份帮忙养鸡的工作。"我想，养鸡我应该可以胜任吧。要是养牛，牛如果倒在地上我一个人可扶不起来，换作是鸡就没问题了。"大木先生笑着说。

以野生的鸡为师

　　3 年后，大木先生找到了现在这块土地，开始独立经营养鸡场。他靠自学的方式摸索饲育方法，鸡舍也是自己盖的。"一切都是鸡在教我。"大木先生说。比如，鸡食用的混合饲料就是通过不断尝试各种配方、观察鸡的反应和产蛋状况慢慢改良的。经历了最初几年的实验，波罗尼养鸡场总算确立了自己的一套饲育方法。

　　这里的鸡饲养至半岁左右开始产蛋，产蛋期约一年。在一年半的饲育期中，最重要的是开始产蛋前的半年——想要做成任何事，都必须先夯实基础。

　　在波罗尼养鸡场，小鸡的饲料是整粒的小麦。大木先生买进的都是刚出生一天的小鸡，也就是说，小鸡出生后第一次吃到的食物就是这里的小麦。

　　未经压片处理（将玉米或小麦等饲料压成扁片）的带皮小麦颗粒很大，而且相当硬，让人不禁担心小鸡的小嘴能否吃得进去。然而，小鸡初生前 3 天食用的就只有这种小麦和清水。特意用这种不易消化的饲料喂食身体尚未发育完全的小鸡，是为了让它们拥有强健的消化系统。"接下来，最重要的就是让这些小鸡在食物和空间条件充裕的环境中无忧无虑地健康成长。等到小鸡开始生蛋，就要调整饲养方式，既不能保护过头，也不能太过放任，其中的分寸很难拿捏。"在养鸡的过程中，每当无计可施的时候，大木先生就会以野生的鸡作为参考。在过去，野生的鸡有怎样的生活习性？是怎样进化的？生活在怎样的环境里？所有的答案，都藏在原点之中。

鸡的生存哲学

　　细细想来，鸡这种动物似乎独具魅力。雄鸡总是环视四周，威风凛凛；母鸡不辞辛苦地耐心孵蛋，让人心生敬意。很早以前，鸡就被人类作为家禽驯养，也许正因如此，可以从它们身上照见人类的生活。

　　波罗尼养鸡场共有 4 栋鸡舍，每栋鸡舍又分为两个区域，每个区域各饲养着 100 只母鸡和 5 只公鸡。鸡群里的公鸡时常争斗，但若是自幼便一起长大，争斗就不会太过激烈。

　　时而会有年轻的公鸡加入鸡群。"如果鸡舍

气温过低，大木先生给鸡舍盖上毯子。他从不轻忽任何细微之处。

左／7天大的小鸡食用的饲料。前方是自家配制的饲料，后者是整粒小麦。　右／每天要花3个小时逐一确认约600颗蛋。除非蛋壳上有非常明显的脏污，否则不会用水擦洗。因为蛋壳表面有一层肉眼看不见的薄膜，可以防止细菌侵入。

里已经有了公鸡，新来的公鸡就会受欺负，渐渐地越来越瘦弱。不过，偶尔也会出现无论怎么被欺负、被赶到鸡舍角落，依然抬头挺胸的家伙。这样的家伙会慢慢被大家接纳。人不也是这样吗？无论何时都要昂首挺胸地面对生活。"为了建造养鸡场，大木先生跑遍了各地的农业协会，咨询相关的问题，有些人对此漠然置之，懒得回应。但大木先生说，面对任何人，重要的是不卑不亢、抬头挺胸地表达自己的想法。

鸡不过是寻常的动物，却也是人类生活中不可缺少的，它们教会了我们极为重要的人生道理。

从经验中获得真知

波罗尼养鸡场有一种特殊的饲料，那就是鸡粪放置一段时间后形成的土壤。最初几年，大木先生曾尝试买来微生物制剂，加入作为中种的米糠中，待其发酵后混合到饲料中，但中种的更新时机难以把握，发酵的状态不易控制。他也曾尝试以当地的土壤作为中种，不过还是不太顺利。大约3年前，大木先生意外地发现，原来自家的鸡

大木先生在农场工作时认识了惠理小姐。后来两人定居于此，惠理小姐负责配送鸡蛋。波罗尼养鸡场是他们两人共同打造的。

左／惠理小姐做的戚风蛋糕口感湿润。　　中／可以充分品尝出鸡蛋味道的布丁。　　右／鸡蛋拌饭！

排出的粪便竟然就是自己一直以来寻觅的东西。随着时间的流逝，鸡舍旁堆积如山的鸡粪产生了变化："杂草慢慢长出，多种微生物均衡生长。鸡粪变成了合适的饲料。毕竟这些粪便本就来自吃粮食长大的鸡嘛。"

　　这些秘诀该算是商业机密了吧，不过大木先生却说："我这十年来不断试错，感触最深的就是不能只模仿别人。环境和具体情况不尽相同，因此不管读了多少书、听了多少别人的经验，最终只能依靠自己去摸索。这其中最重要的就是拥有能够感受到生物反应的感知力。唯有它是完全属于自己的，任何人都无法教你。"例如，由鸡粪形成的土壤的使用时机、发酵微生物可以作为饲料的时机、鸡因为环境变化而产生的细微反应……整整十年与鸡群朝夕相处，大木先生已经能凭借敏锐的感知力作出判断。这番话出自大木先生之口，格外有分量。

让人感受到时间变化的鸡蛋

　　波罗尼养鸡场的鸡群顺应四季变化生活，结果也清晰地呈现在产出的鸡蛋上。比如，夏天鸡时常饮水食草，因而鸡蛋水分较多，色泽较浓；反之，冬天因为水分较少，蛋壳比较坚实，颜色也会变淡。另外，鸡蛋还会随着鸡的年龄增长而变化。年轻母鸡产下的蛋蛋壳颜色较深，形状也是漂亮的蛋形，而产蛋后期的母鸡产下的蛋蛋壳较白、较粗糙，形状也时圆时长。

　　和人类一样，鸡也是生物，自然会不断变化。不知不觉中，我们习惯了超市里一年到头形色不变的食材，误以为那才是理所当然。其实，在所有的食材中都应该可以感受到季节与时间。把波罗尼养鸡场的鸡蛋放在手心，让我们重新拾起了那种几乎已

右边是年轻母鸡产下的蛋，左边是老母鸡产下的蛋。蛋壳的颜色、形状和质感有微妙的不同，看得出来吗？如何尽量延长母鸡能产下右边这样的蛋的时间，是大木先生的下一个挑战。

经遗忘的感觉。

另外，和市面上的鸡蛋相比，波罗尼养鸡场的鸡蛋蛋黄颜色偏浅，这是因为鸡平常食用的主要是小麦。如果喂食玉米，蛋黄的颜色就会深一些。道理很简单。

生活的深层乐趣

大木先生有着根深蒂固的职人气质，是个完美主义者，一旦下定决心做一件事，就要追求极致。妻子惠理小姐告诉我们："我和大木已经养了 10 年的鸡。有相熟的朋友说，我家养鸡场产出的鸡蛋是他见过的最好的，劝我们歇歇手。不过我们觉得还有很多有待摸索和改进的地方。""今后，我们会一如既往地坚持下去。每年都会出现不同的问题，季节更替时也一定会遇到种种不顺。我还需要时间积累更多的经验。"说这些话时，大木先生的脸上反而露出享受的表情，像是在尽情回味探索难以预测的自然的过程。

过去身为手工艺职人时，大木先生不知道自己的创作有什么意义，无法获得心灵的满足，不断痛苦挣扎。如今的他每天充满期待：自家的鸡蛋会遇到什么样的人？会被做成什么菜色？会怎样化为人体必需的营养，也留在人们的心中？

"想象鸡蛋从我们手中送出以后，就在我们看不见的地方，各自完成了不起的使命。这种心情就像为人父母，期待着孩子的人生慢慢展开。我们此前听说，有一位患食道癌的老先生，他临终时最想吃的就是我们家的鸡蛋。这让我们深感欣慰。或许这就是养鸡人家的深层乐趣所在吧。"

波罗尼养鸡场
ポロニ養鶏場
标茶町下御卒别 668-2
TEL.015-485-3702

传统放牧传下来的宝物

自然风土孕育出的硬质乳酪

～三友由美子～

起初只是想像传统酪农那样自制乳酪，当作日常食物，
但在摸索的过程中却意外发现，
在国外硬质乳酪发源地尝到的滋味竟和自制的乳酪如此相似。
原来，制作乳酪所需的一切早已存在于身边。

回归酪农传统

　　如果深入探究传统事物如何形成，一定可以找到某种必然性。反之，若非基于必然性而生并且能融入自然循环中的事物，也不会传承、保留至今。在失去自然韵律的现代生活中，似乎有必要回溯来路，有意识地去观注这些"基本""简单"的道理。

　　来自中标津酪农家庭的三友由美子小姐擅长制作硬实、充满弹性的"高山乳酪"。做法参考了博福特（Beaufort）乳酪等产自法国高山地区的长期熟成乳酪，口感香醇甘甜，味道层次丰富。由美子小姐仍记得，第一次在欧洲品尝法国萨瓦省的传统乳酪时，心中大为惊讶。首先是惊讶于乳酪的美味，再者便是意外地发现，这种传承数百年的欧洲乳酪，味道竟和她自制的乳酪如此相似。

　　由美子小姐和丈夫盛行先生积极提倡完全放牧的"自由酪农"理念，并敢为人先地亲身实践，在业界小有名气。所谓的"自由酪农"，不只意味着生活悠哉、随心所欲，还是与政府主导的酪农产业相对的概念。听起来似乎很复杂，不过套用由美子小姐的话来说，其实并没什么特殊之处，他们不过是回归酪农传统：不用谷物和饲料，

上／乳酪工坊后方。前面的绿顶小屋是鸡舍，后面的红顶小屋夏天用来养猪，猪舍周围生长着橡树。夏天小猪喝着制作乳酪时的副产品——乳清长大，自由地游走在广阔的牧场中，秋天捡食成熟的橡子。据说肉质极佳。下／由美子小姐的高山乳酪根据熟成期分类。最右边色泽泛绿的是熟成 16 个月以上的（照片中是熟成 20 个月的），中间略带棕色的是熟成 6 ～ 11 个月的（照片中是熟成 6 个月的）。两者用的是夏天牛采食青草产的奶。最左边的白色乳酪是新品，以冬天喂食干草产下的牛奶为原料，由于广受好评，计划近期上市。

三友夫妇来自东京浅草，自幼青梅竹马，40 年前来到北海道，立志务农。在时任师傅的教导下，两人坚守酪农传统。"师傅们并没有什么特别之处，酪农前辈们都理所当然地遵循传统。"牛群夏天在牧场采食青草，冬天在牛舍吃干草，总数维持在 30 ～ 35 头。规模虽小，但体制健全。不经意间，这里已经具备了制作乳酪的理想条件。

坚持在草地生态承载力范围内适度放牧，当然同时也要确保能够获利、维持生存并进一步寻求发展。这种做法听起来似乎理所当然，但如今，许多酪农正在日益扩张的产业化经营中苦苦挣扎。对他们而言，这正是梦寐以求的经营方式，也更加贴近酪农传统的生活形态。

　　"日本的酪农业是由经济发展催生的产业，与为了生存而产生、拥有漫长历史的农业不同，它纯粹以交易为生产目的。因此，尽管生产不断快速现代化，饮食和生活文化却相对滞后。这种状况有悖于自然规律。如果能以酪农为主体，发展出相应的饮食文化，那么对于移居者、当地人，尤其是从事酪农业的人，可谓皆大欢喜。"秉承着这样的理念，由美子小姐开始召集酪农家庭的主妇们一起制作乳酪。这些乳酪并不出售，而是作为建立酪农自家饮食文化的第一步。就像渔夫家里可以吃到鲜美的鱼、稻农家里可以吃到喷香的稻米，酪农家里也应该能吃到美味的乳酪。由美子小姐在 1995

工坊二楼的房间。这栋房子由木匠师傅和三友夫妻合力建造，地板也是自己铺的。一楼对外营业，二楼作为私人使用，可以安静地看书，也可以举办宴会，是个爱书人喜欢的空间。

年成立了联合全北海道酪农的"农家乳酪制作会"，致力于推广乳酪制作。起初由美子小姐只是向熟人学些皮毛技术，但慢慢地，她开始醉心于自制乳酪，两年后在自家牧场正式开设了乳酪工坊。她与高山乳酪的相遇便发生在开业之前特地前往法国进修的那段时间。

硬质乳酪的诞生

在不适合农耕的土地上，人们放养家畜、让其采食牧草，再以家畜的奶、肉为食——人类自古以来便是如此，艰难地适应严酷的自然。制作乳酪是为了尽可能延长重要营养的来源——牛奶的保质期，这也是前人传下来的生存智慧。每到春来，花草萌生，阿尔卑斯高山地区的酪农就会把牛从山麓赶到山上，寻找适合放牧的草地。他们沿途停留在山中小屋中，给牛挤奶、制作乳酪。为了让乳酪坚实并且能长期保存，制作过程中要尽力去除水分，最终做出又硬又大的长期熟成乳酪。人们在山上重复着放牧、制作乳酪的日子，直到白雪降临，人和牛才一起回到山麓。人们嚼着面包和乳

三友牧场　乳酪工坊
三友牧場　チーズ工房
中标津町俵桥 1686
TEL. 0153-78-7200

酪，度过漫漫严冬。"所以说，放牧和乳酪是同时并存的。高山乳酪就是从这种生活形态中诞生的一种硬质乳酪。"

在欧洲，人们非常重视乳酪和牛奶的关系。制作这类硬质乳酪时，必须把乳脂含量控制在特定的低比例，这已是常识。确保传统乳酪品质的 AOC^① 认证制度，通常也会明确限定牛只饲料中添加的谷物种类和用量。采食牧草的牛产的奶能维持特定的乳脂率。"我想，既然我家的牧场也是以放牧为主，或许产出的牛奶也可以制作硬质乳酪。结果竟然发现，我家的牛奶刚好适合制作传统高山乳酪。于是有了试一试的想法。"放牧的出发点竟与美味的乳酪紧紧相系，实在是不可思议。这或许是在点醒我们：人类用尽复杂的知识和技术，最后的成果可能与单纯地顺应自然风土的结果相吻合。由美子小姐手中的乳酪香气芳醇、滋味丰富，就是有力的证明。

①指由法国政府检核的产区管制标签（appcllation d'origine controlee），是针对乳酪、红酒、奶油等农牧产品的产地、品质所颁发的认证。

左／由美子小姐钟爱的博福特摄影集，图为牛群被赶上山的情景。　右／在介绍世界乳酪的英文图册上，刊载了由美子小姐的高山乳酪（最右）。日本总共有 7～8 种乳酪入选。

月の チーズ
FRESH CHEESE

月村良崇的手作乳酪

月亮缓缓升起

听说过月亮乳酪吗？
让人爱不释手的可爱盒子中，
盛放着口感细腻、大受欢迎的新鲜乳酪。
我们前往鄂霍次克山间，拜访了制作者月村先生，
和他一起回溯这美丽的月亮冉冉升起的过程。

采访、文字／能田孝章　摄影／高原淳　设计／高山和行

月光牧场

　　位于泷上町札久留的村田牧场，每天凌晨4点就开始挤牛奶。昏暗中，牛舍里陆续出现牧场主人村田夫妇、从中国前来研习的女性，以及一名高大男子的身影。这位包裹着雨衣的男子身材壮硕，动作却十分灵巧，可见经验丰富。从挤乳机发出的噪声中偶尔传来他沉厚的嗓音，牛群在他面前显得非常顺从。这位有着独特存在感的男子就是月村良崇先生——月亮乳酪工坊的负责人。

　　月村先生34岁，因为从小坚持游泳，加上每天进货，锻炼出了一身结实的肌肉。无论多冷的天，他在家总是一身短袖短裤。他一边吃饭一边连连赞"好吃"，全身上下仿佛都散发着"我在这里"的气息，让人感受到满满的生命力。这强烈的生命光芒如果用语言来形容，与他名字中的"月"字恰恰相反，就像是盛夏的阳光。

　　2007年，月村先生在札久留开设了月亮乳酪工坊。当时，北海道已经有多家乳酪工坊，但多半是奶农为寻求多样化经营开设的，而月村先生则专程从东京至此，月亮乳酪工坊的发展过程与其他乳酪工坊截然不同。也正因如此，这间工坊的故事显得格外有趣。

左／美绪小姐学生时代绘制的月亮图案成了产品标识。"嫁给一个姓月村的男子，又恰巧经营一家名叫月亮的乳酪店，一切只能说是命中注定吧。"　　右／前一天用纱布包起乳酪，静置一夜、滤除乳清，奶油乳酪就做好了。

有志于酪农业的少年

　　"我一直觉得，酪农是很潇洒的职业。"成长于东京的月村先生第一次对养牛产生兴趣是在小学暑假。每年上学期结束后，月村先生的父母都会把他送往位于泷上町的"森野儿童村"。森野儿童村是一对来自横滨的老夫妇开办的，他们希望能和孩子们一起分享大自然的珍宝。直到高中毕业，月村先生每年夏天都在这里度过，心中也慢慢酝酿出对酪农生活的向往：依循自然规律生活，这是多么强韧与美好啊！那时的月村先生还是个少年，在冲动之下他拜访了邻近的酪农，请求对方允许自己帮忙养牛。

　　当时的他虽不像现在这么强壮，但也年轻有力，而且有种独特的亲和力，能够默默地赢得周围人的信任。"我对堆牧草的工作实在是情有独钟。在这世间，有能力就能得到信赖，被信赖就会感到喜悦，这样的感觉非常好。我想，只要能踏实地做好自己的工作，我就能慢慢地赶上前辈们了。"

　　月村先生在本州岛的农业学校就读时，对酪农业的兴趣突然转移到了乳酪制作上。当时，月村先生为了完成毕业论文，只身前往法国。在此期间，他不仅了解了酪农工

重视清洁的月亮乳酪工坊内景。

作和酪农家庭的饮食文化，也接触到了由这样的文化孕育出的美味乳酪，受到前所未有的震撼。回到日本后，月村先生将在农业学校学到的知识付诸实践，成了一名酪农助手，工作地点就在他酪农生涯的起点——泷上町。

乳酪师的修业之路

月村先生花了两年半的时间，扎实学习了关于牛奶以及乳酪生产的知识，具备了作为乳酪师应有的职业素养。后来机缘巧合，他转到了一家销售世界各地名品乳酪的公司工作。"想要做出畅销乳酪，最重要的是了解市场。"待客技巧、业务介绍、庞杂的商品知识……对他而言都是初次涉足。带着近乎倔强的坚持，经过了勤奋打基础的一年，月村先生成了一名主管，负责管理店铺。不仅于此，在百货公司举办的展销活动中，他也充分释放了与生俱来的开朗个性，展现出出色的销售能力。

这期间，负责挑选新品乳酪的月村先生有了一次命定的邂逅——与布里亚·萨瓦兰乳酪结缘，它以法国著名美食家布里亚·萨瓦兰（Brillat Savarin）的名字命名，

蓝靛果果酱和乳酪一样是无添加的。蓝靛果产自鄂霍次克海沿岸的北见市一带，由专业人员加工成果酱。

有着纯白的外表、优雅的风味，在当地被喻为"奶油乳酪之王"，是一种完全不添加稳定剂和增稠剂的新鲜乳酪。"入口一尝，不但美味，口感也很特别。我想，这才是真正的新鲜乳酪啊。"当时在日本还没有人制作这样的乳酪。月村先生认为，从商品角度来看，保质期短可能是新鲜乳酪的一大瓶颈。"因为不便保存，这种乳酪无法进口。我想，如此美味的乳酪既然在日本无法购买，不如尝试自己动手做。"

　　根据自己管理的店铺的销售统计，新鲜乳酪的回购率是最高的。另外，法国早餐必备的白乳酪，应该也可以加入商品行列。与此同时，月村先生还利用举办推广活动的机会，让知名百货公司的采购人员记住了自己的名字，在重要的目标消费市场打下了根基。月村先生回顾："我对此有一定的把握。这样，等到自己独立制作乳酪时，就不必担心销路了。"

　　聆听月村先生的创业故事，就像看着一幅拼图逐渐完成，有一种畅快感。不过对他本人而言，或许一切只是按照预想不断努力的迂回之路吧。

"月亮"冉冉升起

　　在学校学习酪农业的基础知识，然后成为酪农助手积累工作经验，走遍世界、俯瞰业界，通过缜密的市场营销掌握消费者的需求，逐步建立起完善的销售渠道。只要有稳定的销售渠道，就可以先接单后生产，避免不必要的浪费。月村先生的准备相当充分，每一步都直指目标。

　　所有环节中唯一欠缺的制作技术，他是在食品加工中心学会的。"理论上要了解每一个步骤以及相应的结果，另外还要学习工序等制作过程中必须了解的所有东西。"完全消化了理论知识后，掌握技术只是时间问题。

在大雪覆盖的冬日，月村一家自得其乐地生活着。左起依次是月村先生、玲、抱着吟的美绪小姐。玲虽然长相酷似爸爸，不过他的梦想是像妈妈一样成为画家。

月亮乳酪
月のチーズ
泷上町札久留
TEL.0158-29-2852
※ 乳酪并未在上述地址出售。

　　一切准备就绪，"月亮"从地平线上探出头来。乳酪包装上的图标由月村先生的妻子美绪小姐亲手绘制，挂着温柔微笑的月亮夺目耀眼。一路走来，美绪小姐给了月村先生许多支持。乳酪的味道是由产地的风土决定的，考虑到这一点，他们决定将乳酪工坊设在泷上町，因为这里是月村先生热爱的地方。

　　月亮乳酪店的奶油乳酪和白乳酪重现了月村先生舌尖从未忘却的法国风味。无需任何添加物，新鲜牛奶在发酵过程中自然凝固。由于乳酸菌的活性，奶油乳酪的风味每天都会有微妙的变化，这就是扎根于土地的味道。牛是有生命的，牛奶也是活的。风味每天都有些许不同，这正是妙趣所在。

　　月亮冉冉升起，温柔地照彻泷上町。"曾经让我实习的农家和我们的情谊依然如故，他们偶尔还会问我们是不是一直在努力。这儿真是太棒了。"美绪小姐笑着说，因为这里偶尔有熊出没，附近的妈妈们去捡栗子时还曾邀请月村先生当保镖。

　　"邻里间组织烧烤活动时，大家会把我们的乳酪抹在烤扇贝或者烤肉上，吃得眉开眼笑。"月村先生讲述时也是满脸笑容。

　　除了本职工作，月村先生也会参与挤奶工作。一是因为制作乳酪需要以当地产的牛奶为原料，若想做出更加美味的乳酪，就必须进一步了解作为原料来源的奶牛。另一个原因是，对于月村先生而言，理想的乳酪应当是"像蔬菜一样每天出现在餐桌上的存在"。既然希望大家经常食用，就应当亲自确认原料的品质。

　　天光未亮就精神抖擞地在牛舍穿梭的月村先生，果然是个像太阳一样温暖的人。

月亮乳酪店的奶油乳酪目前一共有4种口味：原味、蓝靛果与蜂蜜口味、香草和寒葱口味以及绿胡椒口味。

牧羊人、羊群和牧羊犬

BOYA FARM 的故事

在虾夷松鼠和野兔经常现身、绿意盎然的池田町清见，
有一座名为"BOYA FARM"的牧场。
平缓的山丘上，羊群悠闲生活，景色如画。
但 BOYA FARM 的主角不只是羊，
还有聪明温顺、运动神经发达的牧场伙伴——边境牧羊犬。

采访、文字／林佳奈美　摄影／高原淳　设计／高山和行

BOYA FARM
ボーヤファーム
中川郡池田町字清見 224-1
E-mail/boya@netbeet.ne.jp
http://www.netbeet.ne.jp/~boya/

斜坡草地上的自由牧场

　　"BOYA FARM"的美，真的不同凡响。成群的羊儿点缀着草地，慢慢地采食牧草，看起来一派悠闲，与其说是被养在这里，更像是在此生活。牧场主人安西先生沐浴着夕阳的余晖，眯着眼睛向我们走来，身后跟着牧羊犬安迪和小黑。

　　BOYA FARM 位于山腰位置，牧场内几乎全是坡地，小羊经常跌倒，而且一旦跌倒就很难自己爬起来，只能四脚朝天地奋力挣扎。如果没有及时发现就糟糕了，因为在广阔的牧场周围，时常有狐狸出没。山里的狐狸无时无刻不在觊觎小羊，其中有些坏家伙会偷偷地躲在附近，趁安西先生不注意把小羊叼走。前不久，有一只刚出生没多久的小羊被狐狸咬掉了耳朵。这只小羊保住了一命，但也有小羊被咬伤后颈而死。

　　采访当天，安西先生发现远处有一只羊倒在了地上，他喃喃说道："小羊不会已经死了吧……"我们却什么也没看见。他跑过去看了一下，回来告诉我们："这只羊可能一整晚都倒在地上，扶起来后还摇摇晃晃地站不稳。"说完爽朗地笑了起来。除了扶起跌倒的羊，安西先生不会过多干涉羊群。他不拘小节地照料着牧场。这里和我们以往见过的牧场迥然不同，感觉更加自由。

左／刚出生不久的双胞胎小羊。一黑一白的两只小羊感情很好，总是形影不离。右／这一带虽然风景秀丽，但狐狸、乌鸦等动物也时常出没，它们是小羊的天敌。如果有羊妈妈在一旁细心看护小羊，尚无大碍，否则落单的小羊很容易遇到危险。

牧羊犬成长记

　　BOYA FARM 一共有 500 多只羊。管理庞大的羊群和广阔的牧场并不容易，看似悠闲的安西先生其实非常忙碌。眼看今年剪羊毛的时间就要过去了，幸好牧场还有两位员工可以分担牧羊工作，它们就是边境牧羊犬安迪和小黑。小黑是第二代牧羊犬，安迪是第三代。小黑从 1 岁左右就开始牧羊，至今已有 9 年工作经验。在一家公司服务 9 年，可以说是资深的老员工了。牧羊犬的故事要追溯到 1989 年牧场刚刚创立的时候。第一代牧羊犬名叫亚隆，当时仅有 2 个月大，是一只小公犬。边境牧羊犬聪明灵巧，简直就是为牧羊而生的，但如果没有经过适当地训练，还是无法成为合格的牧场帮手。幼时的亚隆就是只不会牧羊的牧羊犬。

　　某大学的一位教授为了帮助学生开展关于毕业论文的实验，借用了 BOYA FARM 的草场。

　　有一天，教授来到这里，看着亚隆说："这是牧羊犬吗？它会牧羊吗？"

　　我回答："不会。"

　　教授一听嗤之以鼻："什么嘛！原来是只笨狗……"

　　这话让我火冒三丈，并且一直耿耿于怀："可恶！看着吧！总有一天，我要让他心服口服……"于是，我开始训练牧羊犬。

　　　　　　　　　　　　　　　　　　　　　　　　——摘自 BOYA FARM 网站

　　这就是 BOYA FARM 牧羊犬成长故事的开始。安西先生也是第一次训练牧羊犬，要让亚隆成长为一只优秀的牧羊犬，有很长的路要走。

　　我松开亚隆的绳子，然后一边喂羊吃饲料，一边盯着亚隆。每隔 10 ～ 20 秒

下／牧场上回荡着安西先生的轻快哨音和羊群"咩咩"的叫声。在安迪的追赶下，羊群齐齐奔上前来。

就要确认一下亚隆是否在我身边，如果不在就立刻把它叫回来，不回来就走过去训斥它。如果这样还不回到我身边，就抓住它把它拉回来。这一过程不断重复。

……

我第一次看到被牧羊犬追赶的羊群跑得那么快，感到非常惊讶。亚隆干劲十足，羊群也开始全力奔跑，可是却分别跑向左右两边……一回神，我自己也被亚隆拉着全速奔跑起来（笑）。后来我累得再也跑不动了，只好松开绳子，把希望寄托在亚隆身上："拜托你了！"然而事与愿违——

在亚隆的追赶下，羊群顿时"哗"地一下向四面八方散开，让人啼笑皆非。我用尽最后一点体力，愤怒又疲惫地把亚隆拉到小屋里拴好，然后一个人花了很长时间才把羊群赶到一起……不过，渐渐地，亚隆不会离开我身边了。

——摘自 BOYA ARM 网站

牧羊犬在牧场里承担着许多重要的工作：将羊聚集起来，往特定方向驱赶……训

练牧羊犬记住并学会这些的过程就是人与犬之间的较量。生气、高兴、沮丧……尽管过程艰难，但安西先生最终让亚隆学会了跟随自己的脚步，成长为一只优秀的牧羊犬。如今亚隆已经长眠，照顾羊群的工作由小黑、安迪接替。对于忙碌的安西先生来说，它们俩是可以倚重的好帮手。

牧羊犬的风采

我们请小黑和安迪展示本领，将牧场一处围栏里的羊群驱赶到另一处。

一切都在安西先生的指示下有条不紊地进行着。听到安西先生类似号令的喊声以及尖锐的哨声，它们俩迅速行动起来。

一瞬间，小黑和安迪拔腿奔向牧场一边的羊群。最初羊群虽未动作，但明显有了紧张感。下一个瞬间，它们不分种类、老幼、体形和颜色，纷纷迈开脚步，"咚咚咚"地向目标围栏跑去……场面十分有趣。

小黑和安迪熟练地引导着面无表情却显然接受指挥的羊群。从左至右，它们仔细地调整着羊群的队形。羊群渐渐形成整齐的一队，由远及近向我们跑来。

在安西先生的哨音下，小黑和安迪可以让羊群反方向奔跑、顺时针绕圈，并能在瞬间改变行进的方向，驾轻就熟。两只牧羊犬此时的表情也与放松休息时截然不同，它们龇着牙瞪视着羊群，显得精悍又果断。羊则在它们的威势下表现出了畏缩。

边境牧羊犬有狼的血统，但平时个性温顺，没有攻击性，是深受欢迎的宠物犬。起初安西先生训练牧羊犬只是为了管理牧场，后来发现有市场需求，于是身兼训犬师，也代为训练牧羊犬。

边境牧羊犬是优秀的运动犬，可以进行飞盘和飞球等项目表演。从 BOYA FARM 毕业的边境牧羊犬，有的两年蝉联日本犬类飞盘总决赛冠军，还有的曾在美国

犬类比赛中勇夺世界冠军。

在草地上尽情奔跑、追赶羊群的边境牧羊犬看起来格外有活力。尽管是专业训练的结果，但相信这样的生活形态应该最为贴近它们原始的生活样貌。

辛勤工作过后，安迪和小黑"扑通"一跃跳进水池。安西先生说："或许是四处奔跑、太热了的缘故，它们工作结束后都会在这里游泳。"

日本国内的牧羊场并不多，拥有大规模羊群和广阔草地的牧场更是少之又少。对牧羊犬而言，也许只剩下池田町这块用武之地了。看着坐在角落休息的小黑和安迪，我不禁肃然起敬——它们两位可是日本首屈一指、身怀绝技的牧羊好手呢。

牧羊人的独特魅力

很久以前我们就注意到了BOYA FARM，路过时总会向牧场里张望。伏缓的山丘，悠闲的羊群，还有一座与牧场风格迥异的雪白的大房子，门上写着"私人所有，未经许可请勿擅入"的提示语。从山坡上俯瞰，池田町的风景静美如画，让人不禁想走近一窥究竟。

"BOYA"是一家总部位于横滨的滑雪服公司，BOYA FARM是其附属牧场。安西先生大学毕业后就进入BOYA FARM工作，牧场创立至今，他全程参与其中。在带广畜产大学就读期间，安西先生和其他许多牧羊人一样，师从增殖研究室的福井教授，专门研究羊的饲养繁育。

"研究羊的人起初大都对羊没有太大兴趣，比如鹤居村的山村先生、足寄的石田先生和我。后来，我在大学时无意间加入了武藤先生（茶路绵羊牧场，白糠町）成立的绵羊俱乐部，最初只是去俱乐部聚会喝酒，时断时续一直到现在（笑）。养羊的念头就是那时萌发的。"之前我们也采访过其他牧羊人，只要谈起绵羊俱乐部，一定伴随

左／随着安西先生熟练的动作，不断剪出丰厚的羊毛。　中／把剪下的毛翻过来盖在羊身上。原来羊身上的毛如此之多，看起来很蓬松。　右／牧场也售卖用羊皮毛制成的家居用品。

着把酒畅饮的回忆。原来安西先生也是其中一员啊……

　　羊这种动物，越深入了解越能发现它的魅力。与饲养牛等其他动物不同，牧羊场不受国家政策保护，维持生计并非易事。每次遇到牧羊人，我都会问："为什么要选择养羊呢？"但从未得到明确的回答，也许这个问题本就无解吧。

　　不过，以前询问养羊的酒井先生（全羊研究所，白糠町）时得到的答案至今仍在耳边回响："与其说对羊本身感兴趣，不如说是为牧羊前辈的人格魅力所吸引。比如安西先生、田中先生（池田町），还有武藤先生……这些人乍看起来有些随便（笑），其实都非常认真。有这些认真努力的前辈在前引路，真的非常有趣。"

　　这次见到安西先生本人，我开始能理解当时酒井先生话里的含义。在采访过程中，自己也逐渐被这个不可思议的人吸引——也许安西先生本人并没有发现，但牧羊人身上特有的直爽、率真，对许多囿于细枝末节的上班族来说，有着无与伦比的魅力。

　　他们都是单纯而坚韧、认真对待生活的人。农夫中也有许多这样的人，但牧羊人身上散发出的这种气息似乎格外强烈。做一个普通的上班族并无不好，但坦率地说，在我们的生活中，似乎很少能体会到那种脚踏实地的安心感。

　　最近羊肉在市场上热销，BOYA FARM 出产的羊肉也开始销往本州。但如果不想方设法提升品牌价值、提高产品单价，维持牧场的经营还是有些困难。临别前安西先生告诉我们："牧场看起来一派悠闲，经营起来却很吃力。"在夕阳的余晖中，眼前这片风景格外美丽，我的心底涌起了复杂的情绪。

早见先生与旭川的玻璃艺术家菅井淳介合作的作品《在水中就安心了》。

早见贤二的活动木雕
木雕的鸟儿仿佛在轻啼

柔和的木材纹理、轻盈的羽翼，
艺廊中木雕的鸟儿像是要飞向广阔的天空。
这只鸟儿出生的地方，
就在似曾相识的山野中。

采访、文字／和田玖实子　摄影／高原淳、村上真美　设计／高山和行

乘梦想之风，鸟儿展翅飞翔

　　鸟这种生物，或许是为了让人心怀梦想而生的吧。自古以来，人类一直梦想着化身为鸟。如果仅仅是憧憬能像鸟儿一样翱翔天空，那么如今人类早已征服天空，理应不会有赏鸟人士特地深入山林、如痴如醉地手握望远镜观察了。距离遥远，所以才想一窥究竟吗？无法触及，所以才想追寻吗？人类想要描绘鸟、雕刻鸟，是否出于人与鸟之间的距离所带来的渴望？

　　木雕艺术家早见贤二先生家住东川町，他开设的私人艺廊就是抚慰人们这种渴望的幸福空间。天花板上垂挂着鸟类木雕，大小与真实的鸟儿几乎无异，栩栩如生。风从窗外吹来，仿佛饵食一般引诱着它们舒展双翼。那优雅的身姿让人不禁想要驻足欣赏。

　　早见贤二先生的艺廊名为"zbiyak"，一个形容鹬科鸟

1.早见贤二出生于大阪府，现居东川町，木工艺术家。除了制作活动木雕，他也承接日本各地的大规模室内展示设计。 2.鸟儿的翅膀与身体仅以一点相连。连接处以前采用固定零件，现在改用可分离磁铁。早见先生在前往美国参展时，曾百般思索如何才能把活动木雕放入收纳盒中并保持固定，最终想到了可分离磁铁。 3.设在私宅的艺廊内景。天花板上、墙上、桌面上，处处都有鸟儿悠然展翅。

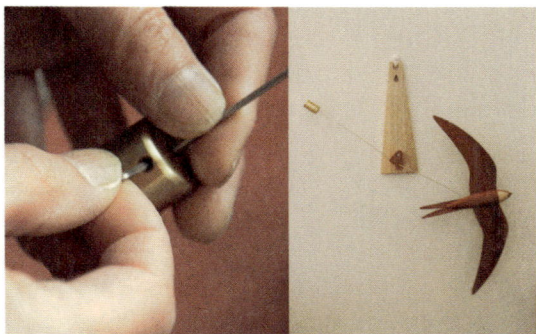

左／除了活动雕塑，早见先生的其他作品也经常用到重锤。通过旋转螺丝、移动重锤的位置，就可以调节受力，设计得十分巧妙。　右／《摇摆系列》中的白腰雨燕。仔细观察会发现它腹部朝外，仿佛正仰望上空中盘旋的同类。

类大田鹬（即澳南沙锥）叫声的词。"每到 4 月下旬，大田鹬就会自澳洲迁徙而来，在东川町养育幼鸟。1997 年我开设了这间艺廊，给艺廊起名字时，院子里的树上刚好停着一只大田鹬，不住地啼叫。我心想，它大概是想要我用它的叫声来命名吧。"大田鹬在繁殖期会整夜啼叫，并时常用力张开坚硬的尾羽，一边急速下降一边高声啼鸣，因此又叫"雷鸣鹬"。早见先生的大田鹬木雕重现了它飞行时的气势。艺廊中的各种鸟类木雕展现了不同的个性与身姿，让前来参观的我们大饱眼福。

独特的设计带来生命的律动

　　鸟儿身上的刻痕或细腻温柔，或光滑洗练，充分展示了制作者的技艺。不过，这些木雕最大的魅力还是动作。早见先生的鸟类木雕，展翅飞翔的造型与灵活的动作设计相呼应，仿佛是有生命的。它们浮在空中，身体不动，唯有羽翼轻盈而舒缓地反复拍动，让人几乎忘却重力的存在。这些作品再现了鸟儿泅泳于空中的自由身姿，也赋予观者翱翔天空的梦想。"我从 30 多年前开始制作鸟类木雕。因为住在北海道，丹顶鹤是这里特有的留鸟（不随季节迁徙的鸟），于是丹顶鹤造型的木雕便成了最初的尝试，而且想做成前所未见的活动雕塑。"

　　当时也有一些将活动设计运用于鸟类雕塑的作品，但大多只是在两翼内侧找出两点悬吊，再用铰链连接，结构很简单。这种设计有明显的局限性——铰链的局部压力很大，羽翼上下活动幅度有限，摆动角度也像跷跷板似的很不自然，摇晃时铰链还会发出声响。作品就像一件玩具，要说展翅飞翔，未免有些言过其实。自许为工艺少年的早见先生从中看到了改良的空间。"加装重锤会有怎样的效果呢？当时还没有人尝试过，我自己动手做了重锤，发现利用重锤可以表现出鸟儿挥动翅膀时的韵律感，也

左／壁挂式鼯鼠，转动过程中呈现出在空中滑翔的感觉。　中／木雕白鹭与实际大小相当，装有 100 伏的马达，可以长时间振翅，脚和头部也可以活动。　右／猫头鹰摆饰。头部附有磁铁，可以 360 度旋转。

可以自由调整静态造型。"早见先生的鸟类木雕仿佛定格了自然中鸟儿静止的瞬间，一阵微风就会带来生命的律动，让它们轻振羽翼。

　　想要重现飞翔的动作，除了对鸟类的仔细观察，还需要对力学有充分了解。许多手工艺者能做出漂亮的作品，但谈到构造却一头雾水。正是因为幸运地将这两种能力集于一身，早见先生才能完成如此出色的作品。

用刻刀记录自然

　　早见先生年轻时曾到北海道旅行，后来渐渐萌生了在北海道生活的想法，开始思考如何才能在此安居。他最初住在旭川市，1984 年幸运地觅得了理想之地，搬到了位于旭岳山麓的东川町，也就是现在的住处。这里有丰富的雪山伏流水①，是北海道唯一没有铺设自来水管道的奢侈水乡。早见先生日常就取用井水，水脉从紧邻住宅的"上池"和"下池"涌出，滋养出两片绿林。白桦、栗树、水楢、大山樱、花楸、鱼鳞云杉，各种树木将庭院温柔地环抱在中间。他悉心照料着树林，树木茁壮成长。

　　"或许是水源地的缘故吧，再加上茂密的针叶阔叶混交林，在这一带能看到大大小小超过 70 种鸟，有些罕见的鸟也常常飞到这里。附近的农家也感到很新奇。在这里，

---

①伏流水也叫潜水，是从河流底部渗透到附近砂砾层中的水，水质较好，大体介于地下水和地表水之间，水量丰富、稳定。

早见先生家附近有两个涌水池，池边生长着车轴草（右下图）、猪牙花以及虾夷立金花等植物。

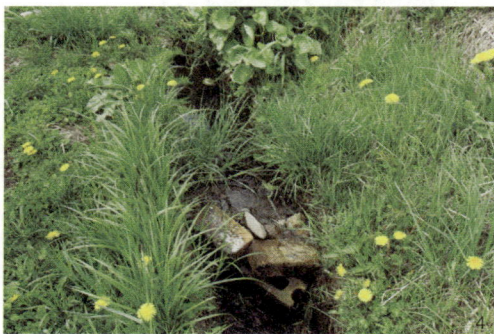

1. 来杯茶吧！早见先生用的是斜里窑的中村先生制作的粉引①茶具。两人时常一起泛舟，是之前旅行时认识的。
2. 可以眺望东川町田园风景的艺廊。似曾相识的风景让人怀念。　　3. 工作室旁堆积的木材。它们会重生为艺术作品，还是在火炉里化为灰烬呢？　　4. 艺廊旁的小造景。在溪水流经处制造落差，可以听到潺潺水声。

麻雀反而比较少见。"不知不觉中，连海雕等稀有鸟类也会来到这里，似乎是被池里的虹鳟吸引来的。说不定在鸟儿们之间，早见家的池塘已经是个有名的落脚地了呢。当然，除了鸟儿，还有其他许多客人——松鼠几乎天天露面，日本貂、兔子也时常光临。早见先生笑着说，幸好没有熊。

　　大自然如此生趣盎然，激发了他的创作灵感。开篇页狐狸和绿头鸭造型的灯饰作品名为《在水中就安心了》，早见先生和我们谈起创作时的想法："这附近有绿头鸭，母鸭常常带着小鸭游泳，看起来可爱极了。有一天我听见岸边传来很大的声响，过去一看，才发现狐狸来了。庆幸的是，鸭子们刚好在池塘中央，并未受到攻击。这一幕激发了我的灵感。"

　　大自然中每天都在上演无数的小故事，身为这些故事的见证者，早见先生灵巧地运用刻刀，赋予了木头新的生命。

①即粉质釉料，施在陶器表面，烧结后看似吹散的粉附着在容器上。

梦想的齿轮开始转动

福岛明子的绘画之路

只有一个大齿轮是无法转动的，
与其他小齿轮组合在一起，才能带动彼此。
三个胜于两个，四个胜于三个，
连接的齿轮越多，转动起来越平稳。
现在，福岛明子小姐终于集齐了绘画之路最初的两个齿轮，
它们正开始缓缓转动。

采访、文字／名嘉真咲菜　摄影／高原淳　设计／高山和行

灵感来源于恶作剧

　　"附近有个爱画画的女孩呢。"我们闻言拜访了这位女孩，访谈之后还参观了她的作品。这些画作非常有趣，突破了我们平庸的想象。

　　涂有不同颜色的蛋壳碎片引人注目。我们忍不住凑上前去仔细观看，鼻子几乎要贴在画上了。一个英文标签不知所以地飘浮在画作的天空中，仿佛原本就存在于风景之内，再定睛一看，画纸竟是常见的牛皮纸箱，上面还有几个小窟窿，而另一幅画上竟然还贴着蕾丝……

　　"我不太擅长在白纸上作画，总觉得如果有些东西可以依附，更便于创作。我从小热爱绘画，可是从不画在传单背面，而是直接画在正面。特别是房屋广告传单，上面不是常常有样板房的照片吗？我很喜欢在无人的房间里画上人，比如在暖桌边喝茶的老太太，或者恰巧来访的亲友……就是喜欢恶作剧，或许这就是我创作的根源吧。即便是纯白的画纸，只要上面有一点点污渍，我就可以由此变换出花样。"

如今，福岛小姐每天都会在上下班时间眺望原野的风景，专注地描绘。秋天坚持室外创作，冬天则在家作画。"天气寒冷，冻结的画具要用温水解冻。"虽然尚未降雪，但如果不是晴天，室外作画非常辛苦。

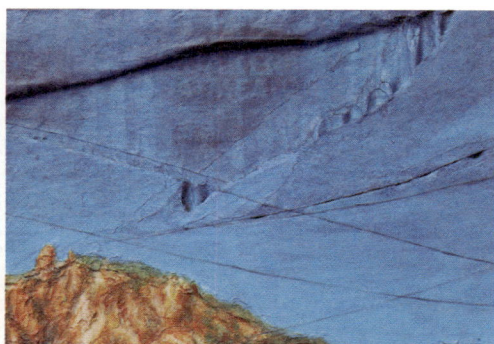

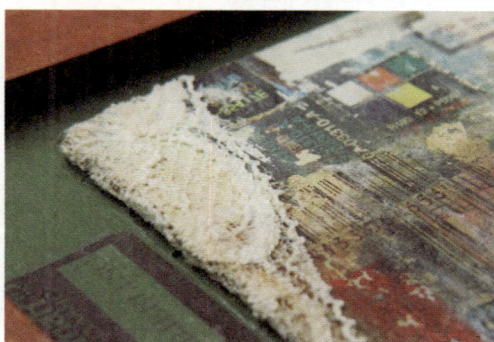

作品中可以看到卷标和条形码。有的作品还用了蕾丝。

　　肤色白皙、个头娇小的福岛明子小姐讲述着她的创作灵感。她看起来比实际年轻，每当说到"就是喜欢恶作剧"时，双眼就像孩子一般闪闪发亮。

　　福岛小姐的绘画全靠自学，她说创作就像是儿时涂鸦的延伸。目前，她居住在川汤温泉车站附近，热衷于描绘周边的风景。

寻找适合绘画的土壤

　　福岛小姐 2003 年来到了北海道。大学毕业后，她非常希望能做一些与绘画有关的事，于是在故乡仙台的一家美术用品店找了份工作。然而，虽然每天生活在绘画用品的包围中，却几乎没有时间创作，福岛小姐对于专注作画的渴望日益强烈。工作 4 年半后，她存够了 1 年的生活费，如愿以偿地成了"无业游民"（根据她本人的说法）。一心一意作画的愉快时光转瞬即逝，为了生计，她不得不再度开始工作，做了 2 年半的零工。

《冬之黎明》（弟子屈町札友内，2007 年）

最初几年，福岛小姐的作品多半是静物画。她认真观察各种物品的颜色、形状，感受其中的妙趣，自由地描绘。尽管可以尽情作画，但面对单调的生活与有限的描绘对象，她时常感到空虚和迷茫，于是开始寻找更加适合创作的生活环境，最终在机缘的引领下来到了北海道。她在清里町生活了几个月，最后搬到了川汤温泉车站附近。

梦想的齿轮开始转动

孤身来到举目无亲的北国后，生活充满了压力。她渴望在北海道开始新的生活，立志成为一名画家。然而，与之前描绘静物时的轻松愉悦截然相反，她经历了不少困苦难熬的时光——毕竟，基于感性去寻求自己真正想要表现的东西，尽管自由，却也格外孤独。

由于心理上的矛盾，4 年来福岛小姐从未向任何人展示过自己的画作。"其实也是因为在我心目中这些作品始终没有完成。不过我也告诉自己，将一切深藏于心毫无用处，或许到了该释放的时候了。"

收纳盒里仔细地保存着各种小东西：零食或红茶的包装纸、收据、条形码等，好像孩子的玩具箱。

就像小鸡积蓄力量，依靠自己的尖喙破壳而出，福岛小姐终于下定了决心，在2007 年 9 月举办的"风铃祭"中，将内心积蓄已久的种种全部释放出来。风铃祭是川汤当地的一个小型祭典活动，场地就位于当地的一所废弃小学中。决定参展风铃祭之后，福岛小姐立刻全速前进，几乎每天都在通宵达旦地作画（似乎一开始作画就会忘记时间），到祭典当日清晨，她一鼓作气完成了来到川汤后的所有画作。

风铃祭成了福岛小姐艺术生涯的一个转折点。她自己斩断退路，然后迈出了崭新的一步，给自己的创作带来了重要的改变。福岛小姐心中的梦想齿轮终于逐一咬合，开始转动。

用拼贴表现内心的风景

福岛小姐的拼贴作品运用了各种素材，独具一格，让人印象深刻。对此她表示："创作时我并没有刻意想要画出有个性的作品。因为运用了多种素材，大家常说我的画很有趣、很奇特，但这并不是我的目的——我只是希望能更加直接地表现描绘对象。如果一味地想突出个性，不就已经在与其他作品进行比较了吗？在比较中，会不会不知不觉地受到他人的影响呢？我想把自己当作滤镜，完整、纯粹而直接地表现出内心的风景。"

用心灵去观照世间的风景，过滤之后，再呈现于画布上。这样画布上就不会有其他人的影子，也没有任何杂质。各种素材的运用只是为了更加坦率地表现描绘对象。例如，描绘古老的建筑物时，借用牛皮纸箱可以更直观地表现出黄土般的质感。如果把接触绘画的方式分为作画、欣赏和研究，其实福岛小姐最喜欢的并不是作画，而是欣赏。

《秋空 2006》（川汤温泉车站后，2007 年）

除了绘画，福岛小姐还尝试了不同类型的创作。右下图是她在仙台时帮朋友的钢琴教室制作的发布会节目单。中间镂空并贴上了玻璃纸，一看便知是相当费时的手工制作，她笑着说："一有想法就忍不住动手。"

"每当我看到喜欢的颜色或造型，内心就会产生强烈的感应。即便是自己的画作，在看到笔尖幻化出颜色和形状的瞬间，有时也会怦然心动。也许我就是为了自己而作画——想要欣赏，所以自己动手。"

作画和欣赏只有一线之隔。为了欣赏，也为了感动自己，才不知不觉地用了拼贴的技法吧。福岛小姐将日常生活中各种物品的颜色和造型都记在心间，作画时再从中提取素材，用来表现描绘对象。

虽然不擅长在白纸上作画，但只要动笔便一发而不可收，想必福岛小姐每次动笔都能看到让自己为之心动的东西吧。一笔一笔，色彩不断地从笔尖涌现而出，一定让她充满了难以抑制的喜悦。注视着福岛小姐作画的身影，我不禁感慨，如此热爱绘画的她，终于来到了充满"想要描绘的对象"的地方，梦想的齿轮终于啮合，开始愉快地向未来疾驰。

去年秋天，在车站前的咖啡店 Suite de Baraques Cafe 举办的 Baraques iack 展。

宫竹真澄的黏土人偶

赋予小小人偶抚慰人心的力量

轻巧的黏土小人偶单手就能拿起，
它不仅仅是缩小的人物，
更是一种凝结了生活态度的存在。

采访、文字／和田玖实子　摄影／村上真美、高原淳　设计／高山和行　照片／深山治

从主妇到人偶创作者

喜悦、愤怒、哀伤……表情具有影响他人的神奇力量。如果说在某个时刻产生了美好的感觉或者有灵感翩然降临，都是因为眼前某个人的美丽笑容，是不是让人觉得有些夸大其辞了呢？

如今，在我们周围越来越多的人面无表情，形同人偶。冷漠的内心冻结了表情，仿佛冰冷的漩涡，一点一点地吞噬了生活的温度。有面无表情的人类，但也有充满人情味的人偶，不断地温暖人们的心灵。看过宫竹真澄小姐的泥塑人偶之后，想必就能感受到这一点。

18年前，宫竹小姐从神奈川搬到了北海道的东川町。她原本是一位普通工薪家庭的主妇，早上送丈夫出门，整日忙于照顾3个孩子。"这样一成不变的生活应该会一直持续到丈夫退休吧，那时的我常常这样想。"她笑着说。用石粉黏土制作人偶就是在这段时间发展出的兴趣爱好之一，她当时的作品主要以腰肢纤细、身着长礼服的西方女性形象为主。

出乎意外的是，在 39 岁那年，宫竹小姐平稳的人生突然画下了休止符。原本在工厂担任工程师的丈夫决定辞去工作、搬到乡下生活，而且还要搬到遥远的北海道。"北海道是我母亲出生的地方，年轻时我也曾和朋友旅行去过，我与它算是有点渊源。但我从未想到，有朝一日自己会移居北海道生活。贸然辞职、前往陌生的地方，真的能维持生活吗……当时的我满怀愁绪。"经过 2 年的纠结思考，她好不容易下定决心接受丈夫的想法，接着两人又为挑选理想的地点花了不少时间。丈夫的梦想是在乡间悠闲地享受生活，她则希望 3 个儿子能有良好的教育环境。不知经过了多少次提议、否决，他们最终找到了两全其美的地方，就是具有一定城市机能的宜居小镇——东川町。后来，她在此地找到了人偶创作的新灵感，这缘于一次美丽的邂逅。

让人落泪的笑脸

"搬到东川町后，与我们同住的婆婆加入了当地的老人会，她的朋友会把蔬菜送到我家的玄关。这些老人来时总是笑容满面，一副开心的模样。他们的表情温暖极了，我想用黏土再现当时的情景。动手创作让我感到非常愉快。"然而，在陌生的土地上开始新的生活，难免伴随一定的辛苦。对许多

宫竹真澄

人偶创作者，目前与丈夫居住在
北海道东川町。作品以乡村和北
海道开拓时代的小人物为主角，
展现出带有喜剧色彩、充满感情
的微缩世界，深受好评。2007
年起，陆续在日本各地的艺廊举
办个展。

人来说，乡间生活的最大瓶颈就是收入。当时的宫
竹小姐有 3 个尚在读书的儿子（从小学生到高中生）
和需要照顾的婆婆，如果没有一颗坚强的心，很难
承受生活的重压。或许正是现实生活磨炼了宫竹小
姐，她的作品呈现出一种感性之美，每一个身材矮
小的人偶都有着丰富的表情。只有在艰苦之中依然
保持开朗乐观，最终迎来雨过天青的人，才能绽放
出如许笑容。

　　宫竹小姐在九州的乡间长大，之后一直在东京
工作。长时间的都市生活掩埋了早年的生活体验，
直到搬来东川町，才逐渐唤醒了过往的回忆。对她
而言，人偶创作不仅意味着从都市回归乡间，也意
味着从现在回归从前，回归到一个能够滋养心灵的
纯真故乡。

　　2008 年起，宫竹小姐开始举办人偶巡回展。
除了展出各种人偶，她还努力在会场中呈现出人偶
生活的微缩世界，增添了不少创作的乐趣。在这个
过程中，她遇见了形形色色的人，其中许多人看到
这些作品后深受感动，甚至潸然泪下。因此，除了
创作的乐趣，宫竹小姐还有了一种使命感。

　　"我想通过作品再现父母年轻时的那个时代，
再现那时的生活图景。每个时代的母亲都有各自的
烦恼，现在有现在的问题，过去有过去的问题，但
无论生活如何贫穷、困苦，母亲也不会丢下自己的

东川町摄影师深山治先生的作品,背景是当地一座废弃的校舍。这些照片制成明信片后在宫竹小姐的个展上大受欢迎。

让人深受感动的人偶外景摄影作品,同样出自深山治先生之手。

放在炉上等待烘干的人偶。宫竹
小姐会利用料理家务的空闲进行
创作，人偶通常要经过多次修改
才能最终定形。

孩子，总是想方设法带着孩子讨生活。旧时代的母亲含辛茹苦、顽强生活，在她们身
上，我看到了一种坚强。这些人偶也是自我反思之作——我希望自己可以更加坚韧，
也希望身处同一时代的我们可以更加坚韧。我想，大家只要看到这些作品，回忆起过
去的艰苦日子，就能明白我的想法。"

　　也许这些人偶能给某个人带来生活的力量。怀着这样的信念，宫竹小姐不断创作，
为人偶们注入了温暖与灵魂。

森山未花的流木篮

将自然之美缠绕于藤蔓之上

日光正暖，庭院里绿树荫浓。
森山未花小姐怡然而坐，十指灵巧翻飞。
她将自己的故事随藤蔓一起缠绕于流木之上，
编织成精彩的人生。

采访、文字／和田玖实子　摄影／高原淳　设计／高山和行

　　从旭川市往旭岳方向穿越东川町，在忠别川前的道路右侧有座雅致的石砌仓库，十分引人注目。这里就是摄影艺廊"北写人"所在，里面的展品除了知名自然摄影师深山治先生的摄影作品外，还有森山未花小姐的手工艺作品——可爱的流木篮。姓氏不同的两人其实是夫妻，就住在艺廊隔壁两人合力筑造的小屋里。作为艺廊使用的石砌仓库已有百余年的历史，爬山虎覆满了灰色的石壁，摇曳出一片清新绿意。

　　未花小姐喜欢编织藤篮，晴天时常常坐在院中的椅子上编织。生活在自然资源如此丰富的环境里，似乎理所当然地应该从附近的山里搜集创作用的材料。不过遗憾的是，北海道只出产粗藤。"把粗藤弯曲后用绳子绑好定形，也不是完全不能用，不过只能用来编织大型作品。"未花小姐的藤篮造型小巧，编织手法复杂细腻，实在不适合使用北海道产的粗藤，不得已只好选用进口藤蔓，同时尽量压低成品价格。未花小姐能够设计出自然风格的家居作品，像她这样的创作者当然不会局限于眼前的材料。她在住处周围不懈地寻找，终于找到了可以使用的天然材料——北海道的流木。"我本来就热爱大自然，经常和先生一起四处游走。有一回前往天人峡游玩，发现了一段

1. 花草与藤篮相得益彰。末花小姐希望未来举办个展时，也能结合花艺。 2. 用藤蔓缠绕流木做成的圆筒状灯饰很受欢迎，有多种尺寸。 3. 编织巧妙的灯饰令人联想到鸟巢。 4. 小巧可爱的壁挂式藤篮，多挂几个看起来非常有气氛。

非常漂亮的弯曲流木，忍不住带了回来。后来我突发奇想，用藤蔓缠绕流木或许也可以做出很特别的篮子。于是我将藤蔓绕着流木卷了又卷，最后竟然做出了一只精美的流木篮。"此后，她陆续从北海道各地的海岸与河边捡回废弃的流木、做成篮子，展现了这些天然素材独有的魅力。

　　未花小姐一边灵巧地缠绕藤蔓，一边笑着与我们交谈，这样与其说是在编篮子，更像是在把玩流木。"手握流木，欣赏它天然的造型，配合着绕上藤蔓，交织、调整、塑形，整个过程犹如即兴演奏一般。"我凭着直觉随口一问，没想到未花小姐以前果真玩过乐队，我深深地感到未花小姐的整个人生都充满了自由自在的即兴感。

　　未花小姐出生于东京市中心，从家可以徒步走到东京车站。大学毕业后，她一边在广告代理公司工作，一边认真地在乐队中担任键盘手。后来，未花小姐因故离开了乐队，忽然感觉人生失去了方向，于是她决定利用积蓄去旅行。这样的流浪之旅长达3年，她背着行囊走遍了世界，中途曾在英国停留了一段时间，之后去了新西兰，与当时的男友共同生活。然而，异国环境让她难以融入，她最后还是决定重返日本。

　　归来时东京正是炎炎盛夏，为了避暑，也为了调适心情，未花小姐临时起意，前

夫妇俩在自家门前的合照。两人间流动着自在的气氛。

流木篮与灯饰　摄影艺廊北写人
流木のかごと灯り　フォトギャラリー北写人
东川町东 10 号南 2　TEL.0166-82-4838
http://www.diamonddust.com　http://kitashajin.blog118.fc2.com
营业时间／1 月中旬至 11 月下旬　10：00 ～ 17：00
休息日／不定休
※ 若冬季前来，请事先联络。

往北海道旅行。"我买了背包和帐篷，下飞机后就一路搭便车（笑），在北海道四处露营。"在美瑛，她偶然得到了一个短期工作的机会，在这里打工度过了夏天。其间新结交的朋友带她参观了艺廊"北写人"，由此她结识了现在的人生伴侣——深山先生。此后又经过了很长时间和百般曲折，两人终成眷属。流浪已久的未花小姐终于在北海道雄壮的自然韵律中找到了极致的现场演奏，也找到了自己的归宿。

　　"我父亲的职业比较特殊，他是位基督教牧师。我由衷地感谢父母，让我在自由的环境中长大。"人生的每个阶段都有精彩的故事，未花小姐编织的篮子就像她本人一样，传递着珍视自然本真、悦享自然恩惠的理念，纤细却极具存在感。近年来，未花小姐忙于照顾孩子，难以全身心投入创作，如今女儿已进入幼儿园，她准备重返创作之路。身为人母会给她的作品带来怎样的改变呢？我们拭目以待。

CHAPTER 3 北海道的生活乐趣

穿上雪鞋，去看寻常风景

想看看未曾见过的风景。
不必前往秘境或什么了不起的地方，
只需寻找看似平常、却不为人知的风景。
我们穿上雪鞋，走进了冬日的北海道。

采访、文字、摄影／高原淳　设计／高山和行

未曾留意的寻常风景

越是寻常的风景，越是弥足珍贵。

搬回北海道几年后，我渐渐产生了这样的想法。景区的风景固然有种特别之美，但北海道的魅力不止于此：通勤途中遥遥在望的日高山脉，国道沿线掠过的田园风光，街巷中偶尔出没的虾夷松鼠之类的小动物……静心享受，细致地品味并珍惜这些日常生活中的寻常之美，或许更有意义。

不过，我真的看见这些寻常的风景了吗？看似无处不在，但我却从未认真面对的风景，应该为数不少吧。比如，倘若有人问我是否熟悉后山的风景，我只能老实回答"不清楚"。尽管对通勤沿途的风景非常熟悉，但稍微离开公路，我对周围的景色、森林中的风物却一无所知，即使只要稍走几步路就能看见。

又是一年冬来到，现在也许正是好时机。我想起几年前穿着雪鞋远道跋涉外出采访的情景：穿上雪鞋，就能走在冬雪铺就的路上，前往其他时节无法涉足的地方。踩着厚厚的积雪，自由玩耍、四处行走……我的脑中开始浮想联翩。如何规划路线？去哪里找雪鞋？——该是专家出马的时候了。我拜访了"游方屋"的店主鞘野绅量先生，他堪称游玩专家，而且最擅长在出人意料的地方，尝试让人耳目一新的玩法。

根据雪的承重和个人体重，合理控制总负荷（包括衣物、行李）。上下坡、在深雪地行走时很容易摔倒，雪杖是必需品，它可以帮助你站起来。

雪中行走，做好准备

与鞍野先生初次见面时，带广市刚好下了场大雪，时机难得，我们约好了一周后穿着雪鞋一道雪地漫步。我听说札幌有专业的雪鞋厂商，于是立即订购了一双。其实游方屋也出租雪鞋，但我不希望"只是玩玩而已"，还是买了一双。崭新的雪鞋很快就送到了手中。

这次与我一同参加雪地漫步的还有会社的两位年轻同事。表面上是请他们当摄影模特，实际上我有着自己的小算盘：万一自己体力不支、中途放弃，他们还可以替我继续拍照。

一周前的那场雪下得很大，当天出行的话，双脚很可能会深陷雪中，因此我们将雪地漫步安排在了一周后。在出发前的讨论中，鞍野先生显得语重心长，临行前他还发来邮件，提醒我们"请务必做好心理准备"。公认体力极差的我，无论在哪里倒地不起，应该都不足为奇吧。大家可能在想，他这么羸弱还怎么拍照呢……坦率地说，我自己也这么想。

出发，北欧式雪鞋健行

怀着不安和船到桥头自然直的乐观心态，终于到了雪地漫步的日子，我们约好在距离带广市约 30 分钟车程的芽室町新岚山碰面。因为是星期天，周围有不少滑雪爱好者。雪地漫步的起点位于滑雪场后方，目标是远处的一座无名小山。地形图上标注着这座山的海拔，317 米，于是我们为它取名"317 山"。

出发前鞍野先生忽然打来了电话："以前只是穿着雪鞋散步，这次试试北欧式雪鞋健行吧！"他还特地叮嘱我们要带上雪杖。把车停在路边，穿上雪鞋、拿好雪杖后，我试着走了几步，发现手拿雪杖果然更容易保持平衡，感觉相当不错。

左／登上山顶，视野豁然开朗，可以看到远处的日高山脉。天气非常好，有一种特别的气氛。

终于要出发了。走了不到 5 分钟，我们就有了发现。鞘野先生用雪杖指着雪地上某种小动物的足迹，告诉我们这是野兔的脚印。冬天最有趣的莫过于留在雪地上的各种动物足迹——野生动物可不会等人，平时只能抓拍，但雪地上的足迹却可以从容拍摄。从脚印的间距可以推算出野兔的大小，也可以推测出野兔是在跳跃、站立不动还是朝某个方向跑，细细观察十分有趣。

鞘野先生一边带队前行一边解说，队伍的行进速度相当缓慢，不过我一边拍照一边跟进，还是落到了最后。鞘野先生和两位 20 多岁的同事看起来十分享受，他们各自按照喜欢的路线前行，自由自在的状态完全符合我对雪地漫步的想象。我既要忙着拍照，又要小心翼翼地保持平衡，很难悠闲享受大自然的美好。走着走着，平地突然变成了向上的陡坡，我越走越慢，呼吸也开始不顺畅了。于是我装作拍照，借机休息，前面三位的身影越来越小……

不过，我们还是早于预定时间到达了"317 山"的山顶。虽然不是登顶喜马拉雅山之类的高峰，但是站在山顶还是很有成就感。山顶静谧开阔，没有一丝风。我们在此稍事休息，头顶是这里独有的澄澈蓝天。鞘野先生取出了卡式炉、姜汤，还有当地特产的点心。

北欧式雪鞋健行

即 nordic snowshoeing，发源于芬兰，是一项适合大众的安全的娱乐运动，具有健身效果。在非雪季健走须手持登山杖，雪鞋健行则是雪鞋搭配雪杖。雪鞋健行要比一般的快走多消耗 20% 左右的热量，非常适合缺乏运动的朋友。

鞘野先生发现了野兔的脚印。

刺激有趣的下坡道

我们一边休息一边闲聊，正说到"会到这里雪鞋健行的，大概只有我们了吧"，远处就出现了两位女性的身影，而且都是标准的北欧式雪鞋健行装扮。一问之下，原来两人也是刚买的雪鞋，今天第一次尝试健行。同样是第一次，她们俩看起来大气不喘，走得轻松潇洒。

登顶之后，应该就剩下坡和平路了吧，没什么大不了的。我暗自安慰自己。刚刚爬坡消耗了不少力气，接下来就多拍一些有特色的照片吧……我的脑中涌现出五花八门的点子。

但不到 10 分钟，我就发现自己的想法太过天真。

"接下来一口气冲下坡吧。"鞘野先生说道。

这话什么意思？我们不是正在一个几近于悬崖的陡坡顶上吗？正在我犹豫之时，鞘野先生已经把雪鞋当作滑雪板，一口气冲下了山坡，其他两位也兴高采烈地紧随其后。滑下去是吧……小菜一碟……

也罢，时隔 30 多年，再次摔在雪里也没什么大不了的。我摆好姿势，这样至少可以避免骨折，接着身体前倾……

嘿，没想到竟然如此有趣。我也是个在北海道长大的孩子，小学时经常玩雪橇，当年，短雪板在小伙伴之间风靡一时。我一直不太擅长滑雪，而有些滑得好的小伙伴会把雪坡当作跳台、假装自己是在札幌冬奥会上获得金牌的笠谷幸生。我在雪坡上滑行，往日的情景在脑海中一一苏醒。如果能一路滑到坡底该多好……但事与愿违，没滑多远我就陷入了雪中。不知道是因为雪地太软，还是体重过重，我的滑行距离没能超越前面两位年轻人。

雪中的乐趣

往事美好如云烟，眼前等待我的是漫长的雪坡。穿着雪鞋行走比想象的还要困难。我小心翼翼地缓步慢走，但常常没走几步就会失去平衡，一屁股跌坐在地上。雪地松软，跌倒后很难起身。我转动着身体、积攒力量，一翻身站了起来，可惜没走几步又跌倒了——咚！

与我的狼狈不同，他们三个玩得酣畅尽兴，几次三番地爬上坡、滑下来，穿着雪鞋在雪地上肆意奔跑，然后又聚在一起，尝试新的动作和玩法。鞘野先生拿出一件尼龙材质的筒状衣服，长度大约到膝盖处。编辑 N 小姐套上它躺在了雪地上，鞘野先生拿起铲子，开始在她的腹部堆雪，堆到一定厚度后用铲子压实，再继续堆高……不知道他们在干什么，但貌似挺有趣的。

我赶上大家之后也体验了一把，有种不可思议的感觉——仿佛和雪地融为了一体，却又意外地温暖。长时间这样埋在雪中身体无法耐寒，不过在短短几分钟内，体会到的只是被包覆的温暖与舒适。眼前是一片蓝色晴空，似乎这样睡个午觉也不错……我心中无比舒畅。

在这前所未有的新奇体验之后，我们再次出发，不久后就进入了越野滑雪区。前方有几个人正在装雪橇，看到我们或许正在暗想："这群人在干吗呢？"我们沿着越野滑雪道行走，一路都很平坦。走在前人开好的路上固然轻松，但只有用自己的双脚在深雪中开辟出新的路，才能看到独一无二的风景吧。今天的活动路线全程包括休息时间在内一共用了三个半小时，不知不觉间我们已经翻过了一座小山。

北海道的冬天还在继续。下次要去哪里呢？抱着新买的雪鞋，我还会继续发掘身边的"寻常风景"。

暂时脱下雪鞋，在山顶小憩片刻。眼前是层层叠叠的美丽树林，仿佛距离日高山脉仅一步之遥。行走时热得出了汗，坐下后却浑身发冷。喝点姜汤暖暖胃，稍后再次出发。

游方屋

"游方屋"一如其名，无处不玩。来自福冈县的鞘野先生为了满足顾客的多样化需求，不断开发出北海道特有的娱乐方式。

■ 夜游
是不是偶尔也想感受黑暗、寻找流星，享受被寂静包围的感觉呢？

■ 森林游
出发寻找动物！小心别被动物们发现哦～目标是狐狸、鹿，还有鼠兔！噜——噜噜噜噜噜——
其他支持私人订制的家庭旅游和北欧式雪鞋健行等，详情请参考网站。

遊方屋
芽室町祥荣西 14-2
TEL.0155-62-6005
http://asobo-ya.com/

树屋的露台离地面约 4.5 米，从春到夏，
在此可以近距离感受树叶渐渐变绿的过程。

水栎树上的梦想树屋

在森林里漫步，
有时会产生莫名的冲动，想爬到树上去。
树枝自由舒展，像是无声的召唤……
孩提时代，总会忍不住抱住枝干，奋力攀爬，
在树上度过一段透明的时光。
在白糠町阔叶林中的一棵百年水栎树上，建有一间树屋。
搭建树屋的人想必也想爬到高处，
感受森林的风，重温儿时旧梦吧。

采访、文字／万年富美子　摄影／高原淳　设计／高田明

神秘的林中住客

　　在白糠町的东北部、通往阿寒町的阔叶林中，有一处町营露营场。沿着茶路川方向的公路蜿蜒前行，不觉间已置身于一片茂密的森林中，这里就是露营场所在地。3月上旬的某一天，我们来到了这里。前夜的新雪给地面铺上了一层莹白，虾夷鹿等各种动物的足迹延伸向森林深处，洁白的雪与黝黑发亮的树皮形成了鲜明的对比。抬头仰望，树木纤细的枝桠伸向蓝天，仿佛在迎接即将到来的春天。

　　此行的目的地是露营场中的一座树屋。一个月前我们听说有人在这里搭建了一间树屋，可以提供住宿。搭建在树上的房子，树皮特有的触感，叶片摩擦的声音，穿林而过的风的味道，近在身旁的小动物，还有孩提时代爬树的雀跃心情……受到"树屋"这两个字的吸引，我的脑海中涌出了无限美好的想象，随后我们试着联系了树屋的主人横田宣伯先生。

树屋建在一棵直径 1 米左右、树龄 200 ～ 300 年的水栎上。树干在距离地面一人多高的位置分了三杈，确实很适合建造树屋。每根枝干继而又分出许多细小分枝，向天空伸展。

去年 1 月，在一个无风的晴朗冬日，横田先生临时起意，独自出门散步，不知不觉走到了森林中。森林里积雪未消，行走不便，但他还是大步前行。忽然一棵粗壮的水栎出现在眼前，他下意识摸了摸树干，不由童心大起，三两下爬到了树干分杈处，靠在其中一根枝干上，静静地聆听森林中的声音。"那感觉格外舒服，眼前是一片绝美的风景。我想，要是能在这里搭建一个露台，闲来午睡或者读书，那该多好啊！"

一个月后，横田先生脑中的想象已然从露台扩大到了树屋。他站在水栎下，心中默默地描绘着树屋的模样，随后便准备动工了。

横田先生并不是树屋建造专家，只是因为在树上午睡、读书的美好想象而生出了这个念头。

登上梦想的高处

第一步是搭设脚手架。横田先生这时才发现，以往总是站在下方仰望的水栎其实比想象的要高大得多。本以为只要架设几米高就够了，架设过程中却发现预计高度严重不足，只好重新组架。第二步就是在露台的支点，也就是分杈的枝干上插入钢筋。准备在水栎上钻孔时，他发现水栎的木质远比想象的坚硬，足足花了两天时间才钻了 4 个孔，好不容易架好了钢筋。接下来，需要在钢筋上搭支架。6 米多长的木梁，一个人怎么搬上去呢？有朋友建议他借助起重滑车，不过这位朋友也没有用过，不太了解用法。横田先生只好独自摸索，装设滑车颇费了一番功夫。他尝试了好几种方法试着把木梁搬到树上，后来发现可以先提起木梁的一端，然后再拉上另一端。木梁在起吊过程中 3 次掉落，最终两根木梁才成功地架在了 4 根钢筋上。

起初横田先生建造树屋只是为了实现自己想象的美好图景，当他把这件事向町政府报备后，工作人员表示，希望他以露营场为定位来构想和建造树屋。原本只是打算建造露台部分，没想到随着构想的充实，最终变成了现在的规模。但是，梦想变大了，经费却很紧张。建造树屋用的几乎全是废弃材料，他找来沉睡在仓库角落的旧木料，回收别人丢弃的玻璃窗，只有树屋的墙壁部分用了新板材。

支架搭好后不久，町里陆续有人来帮忙，树屋工程在不断试错的过程中慢慢推进。架好支架后，接下来的难题是如何在这两根支架上铺设长方形的露台地板。"我没想到，在空中铺设长方形地板竟然如此困难。"最后，横田先生利用两根支架在地面上的投影，确定了铺设地板的面积。然后在地面上组装好，再把整块地板投影至半空中的支架上，比对大小是否适合。地板成功铺好了，露台部分正式完成。

接下来的工程就与建造普通的木屋没有太大区别了。先在地面上组装好墙壁，再用绳索吊至露台上拼合。屋顶由两部分组成，先在地面上分别做好，再用绳索吊上去组装。吊装过程中屋顶好几次摇摇欲坠，幸好周围一直有其他居民帮忙。

终于建好了，宽敞的露台可以放五六把椅子，树屋里容得下4人横躺。从地面架起的木梯通往露台中央，爬上高处的台阶后，可以从露台中央探出身来。"接近地面的台阶坡度较缓，接近树干时需要像爬树一样攀爬，最后登上露台。"在这个过程中可以体验一把爬树的感觉。孩子们会咚咚咚地爬上爬下，很是开心。

别样的风景

建造树屋之前是否进行过结构计算？专家表示，由于无法计算树木本身的结构，因此很难对树屋进行结构计算。将树屋固定在水枥上的只有插入钢筋的那4个支点。两根横梁只是简单地架在钢筋上，露台的地板也只是铺在支架上，木屋部分则钉在露台地板上。露台下方，与地面相接的支柱并没有固定在地面上，只起支撑作用。因此

将老旧的木质电线杆劈成两半，把木板嵌入其中做成梯子。沿着靠在树干上的梯子攀登，可以登上露台。

一旦起风，树屋就会随着水楢札札摇曳。横田先生认为，树屋如果完全固定在水楢或地面上，无法和树身一起摇摆，反而容易受风力影响逐渐散架。

那么，插入钢筋会对水楢造成损伤吗？对于我们的担忧，横田先生解释道："过五六年左右，树木就能自行修复钻孔部位。与此相比，对树木来说最大的致命伤其实是被剥掉树皮，因此绝对不能损伤树皮。"

将废弃的木质电线杆对半劈开后凿出一道道凹槽，装上木板，就成了树屋的专用木梯。即便早已不像小孩子那样对什么都感到好奇，一阶一阶地踏上这道木梯还是会让人感到兴奋。沿着陡峭的木梯拾级而上，从露台的正方形入口探出头来的瞬间，会觉得露台和木屋仿佛都在欢迎来客。"欢迎光临！"水楢枝在风中摇曳，亲切地打着招呼。露台边缘围了一圈流木做的栅栏。干枯的流木色调柔和，与周围的风景融为一体，拉近了人与森林的距离。从露台西侧向下看去，茶路川在徐缓斜坡的另一侧安静地流淌。站在半空中眺望闪闪发亮的河面，感觉自己仿佛变成了一只展翅欲飞的鸟儿，

左／露台周围的流木栅栏。

想要飞掠过这人间美景。

　　横田先生说，春天来临之前，他还要在树屋西侧靠近茶路川的地方建一座木制露天浴场。泡在热气腾腾的露天浴池中，眺望绿叶繁盛的树林，欣赏流动的河川，聆听四季在枝头飞舞的大山雀、绿啄木鸟、沼泽山雀等鸟儿的啼鸣……如此奢侈的想象实在令人着迷，我的视线不禁在露天浴场的规划地附近游移。

独辟蹊径的露营场管理员

　　出生于关西的横田先生年轻时在名古屋经营户外用品店，曾带着客人来北海道旅行，被北海道的壮美折服。七八年前，他关了店铺搬到了阿寒，三年前移居到白糠町。当时他本想从事与蓝莓相关的工作，恰巧白糠町提出邀请，如果他愿意兼任露营场管理员，可以考虑来此工作。"在我看来，务农也是一种户外活动。种植蓝莓、管理露营场、担任水上向导……我认为自己现在的工作都属于户外活动的一环。"之前在名古屋工作时，横田先生常常带着客人前往远方探寻美景，搬到北海道以后，他发现身边就有无尽的美丽风景。他开始考虑开发一种无须驾车东奔西跑、扎根于当地的户外活动形态。

　　对于横田先生而言，当初建造树屋只是为了有趣，但它也许可以帮助露营场改善运营状况。对露营场来说，不太可能单靠帐篷区的收入实现收支平衡。应该怎样做呢？从町里的财政状况来看，很难将这里改建成设施完备的露营场。在不断探寻各种可能性的过程中，横田先生慢慢发现，恰恰可以利用这里的"一无所有"来做文章，这座露营场占地广阔，周围十分清静，几乎看不到相邻的帐篷，可以安心自在地扎营。去年夏天他就以此为亮点进行宣传，果然吸引了一批新的游客。下一阶段的工作就是建造一批新的树屋。掩映在森林深处的树屋，一定能创造出不同于其他露营场的全新价值吧。

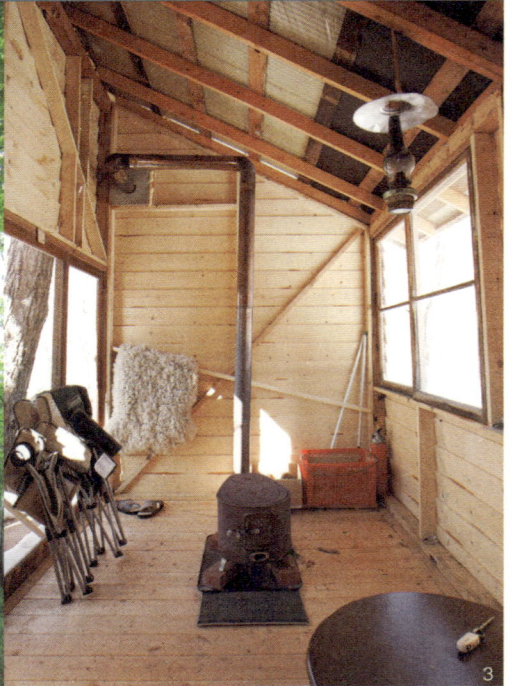

1. 从树屋上远眺。　　2. 据说最多曾同时有 16 个人站在露台上。露台虽然在起风时总是札札作响，却出人意料地坚固。　　3. 树屋就像是山中小木屋，室内有火炉和灯，大约可容纳 4 人横躺。

白糠町青少年旅行村
白糠町上茶路 72-3
TEL.01547-2-7122

期待森林的恩惠

在横田先生的脑海中已经构建出了五栋树屋。他在互不打扰的几个位置挑选了合适的树木，每一栋树屋都有各自最适合的造型设计，彼此之间留有适当的距离，有的要通过吊桥才能到达，有的露台和小木屋分为两层，还有的用吊桥连接着两座小木屋，以便大家庭使用……每一座树屋都设有洗漱区和浴室，生活方便。孩子们的欢声笑语在林间回荡，一家人在自然的怀抱中度过美好的一天，心与心会更加贴近。这一切都要归功于白糠町丰富的阔叶林资源。

从春到秋，森林在不同的季节展现出不同的风情。水栎、大山樱、千岛樱、槐树、李树、胡桃树、日本桲、榆树、柳树、黄檗、枫树、山椴等纷纷抽枝展叶、绽放花朵，最终叶落归根。横田先生说，这片阔叶林到了秋天格外美丽，而树屋正是近距离感受森林之美的绝佳所在。我站在露台上，仰望上空横斜交错的水栎枝，内心真切地感受到树屋的美好与特别。风格外温柔，一定也是站在树上的缘故吧……

始于横田先生偶然起念的树屋，到春天将会再次给造访这片森林的人带来惊喜。树屋上方的一根枝干又分成了三杈，有乌鸦在这里筑巢。横田先生仰望着鸟巢说："我想在那里建一座瞭望台。这样一来，还可以从露台继续爬，到更高的瞭望台上看风景。"老水栎树不断地激发横田先生的玩心。只要自然允许，想必我们就可以继续领受森林的恩惠吧。

在家养三只鸡怎么样

想要饲养动物获取肉、蛋和羽毛，

最容易的就是养鸡了吧。

喂食蔬菜和剩饭，小茅屋或庭院一角都可以当作鸡舍。

养起来很容易，家里偶尔没人照料也不要紧。

在"咕咕咕"的叫声中睁开惺忪的睡眼，

今天有几颗蛋呢？边猜边踱到鸡舍捡鸡蛋。

早餐享用新鲜的荷包蛋，

饭后看着院子里的鸡四处啄食，准备上班。

轻松愉快的养鸡生活就是这样……

童年梦想

　　清水町的吉原拓志先生和渚小姐夫妇住在一所废弃学校旁遗留的教师住宅里。与他们一起生活的还有 2 只狗、7 只鸡。鸡是横斑芦花鸡，羽毛呈黑白相间的斑纹状。对吉原家来说，它们是不可或缺的存在。

　　吉原夫妇 3 年前搬到了现在的住所，几乎同时开始尝试养鸡，提议人是拓志先生。小学时他曾尝试着孵化从学校带回家的鸡蛋，把鸡蛋放在温暖的灯光下，每天翻转多次，以保持均匀的孵化温度。小时候有这样经历的人似乎为数不少，当然，最后鸡蛋并没有孵化成功，但直到拓志先生长大成人，那种热情和期待依然留在心中。

　　新家有个院子，他想，终于可以养鸡了，体验一下之前幻想中的生活！想好了就做，拓志先生立刻行动起来。他拜访了附近的养鸡场，一个月后买了 20 只小鸡。后

1. 用鸡粪自制肥料作为温床，可以培育出苗壮的菜苗。 2. 鸡在院子里散放时可以打扫鸡舍，在地面上洒水。
3. 吉原家的菜园逐年扩大，今年种了十几种蔬菜。

来，这些鸡有的送人了，有的被狐狸吃掉了，大部分的公鸡归还了养鸡场，现在只剩下6只母鸡和1只公鸡。

拓志先生和渚小姐都有专职工作，家里的鸡早上在院子里吃饲料、散步，白天就待在鸡舍里。

院子中的有机循环

把小鸡带回家之前一周，他们抓紧时间在车库一角自己动手盖了间简易鸡舍。鸡舍的地面上铺满了阔叶树的落叶，拓志先生常常在上面洒水。"洒水可以让土壤保持湿润。鸡不是经常用爪子刨土吗？这样一来，树叶、吃剩的饲料和鸡粪都混在了土里，可以变成很好的肥料。"

鸡舍旁是拓志先生引以为傲的家庭菜园，打理得井井有条。原来，在鸡舍中铺落叶堆肥，是用来肥田的啊。渚小姐站在我身边笑着解释："说是堆肥、施肥，其实只不过把东西挪动了一下位置而已。"

这其实形成了一个经济环保的有机循环。它巧妙地利用了落叶、土壤和鸡粪中的微生物作用，以及鸡用爪子刨土的习性，是一种取材天然而新颖的堆肥方法。在初春的农耕时节，将鸡舍的土放进木框内，盖上塑料布。土壤在发酵过程中会释放热量，在塑料布的保温作用下，就成了培育菜苗的温床。"等到大杜鹃开始啼叫，基本不再降霜的时候，就可以整理温床，把菜苗移栽到田里了，释放完热量的土壤则撒在田地表面。"

夏天，吉原家的菜园会长出肥美的芜菁、青江菜、卷心菜、番茄等，叶类蔬菜的外层或者多余的蔬菜又会成为鸡饲料，最终回到泥土中。

Enjoy your niwatori life.

横斑芦花鸡产下的蛋。蛋壳上用铅笔写着生产日期。

边境牧羊犬（牧鸡犬）三平是
个好帮手。当吉原夫妇赶着上
班，鸡群却又迟迟不愿回鸡舍
的时候，它会把鸡赶回去。

小小羽毛的妙用

为什么会选择饲养横斑芦花鸡呢?

如果只是想要新鲜的鸡蛋、处理厨余、用鸡粪来肥田，大可选择更为常见的伊莎褐蛋鸡。与横斑芦花鸡相比，伊莎褐蛋鸡产蛋更多。

拓志先生解释道："当时我们拜访的养鸡场恰巧饲养了横斑芦花鸡。看到它们的一瞬间，我觉得'就是它们了'。"这是因为横斑芦花鸡还有一个独一无二的特点。

拓志先生最大的兴趣是飞蝇钓，就是用模仿水栖昆虫的钓钩——毛钩来钓鱼，制作毛钩的主要材料包括鹿等动物的毛，以及各种鸟类的羽毛。可以运用不同质感和颜色的材料装饰钓钩，重要的是能够骗过鱼、诱其上钩。从制作钓钩的材料就能看出羽毛的重要性。

在各种羽毛中，横斑芦花鸡的斑羽尤其适合用来做钓钩，这种黑白相间的羽毛在飞蝇钓术语中叫作"Grizzly"。

"公鸡颈部和背部的羽毛长度和硬度恰到好处。我常常装作若无其事地喊'咕咕咕～吃饭了，快来啊'，然后趁它们没有防备时偷偷拔几根（笑）。"

还没养鸡的时候，拓志先生一直从专卖店购买羽毛，一块横斑芦花鸡带羽毛的背皮售价高达 6000 日元。"这些羽毛一个人根本用不完。现在用家养鸡的羽毛做钓钩，不但经济，而且可以避免杀生，羽毛拔下来后还会长出新的。"

如今，他们夫妇二人每逢假日便拿着自制的毛钩，一起去钓鱼。

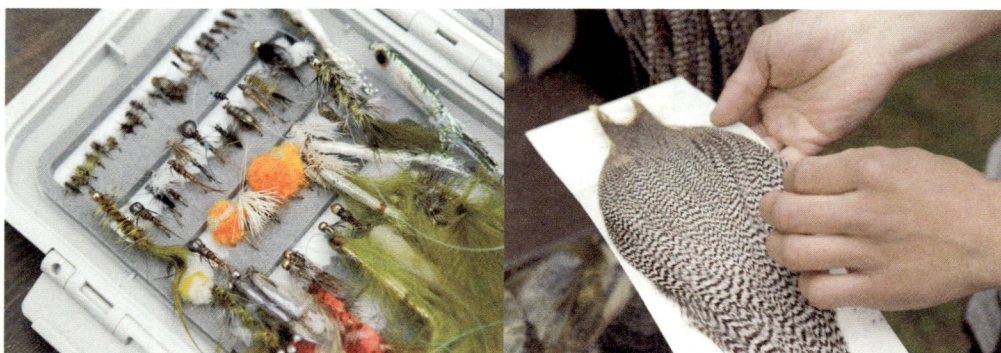

左／拓志先生的毛钩收藏。根据不同的时节和目标鱼种，选用合适的毛钩。　　右／6000日元买回的横斑芦花鸡的背部羽毛（连皮）。听说取自改良后的横斑芦花鸡品种，专门用作毛钩材料。

"鸡蛋"里的小秘密

　　横斑芦花鸡的蛋比较小，大概和市售鸡蛋中的最小号相当，蛋壳呈浅肤色。我随手拿起吉原家餐桌上一枚小巧的"鸡蛋"，没想到小小一枚竟然分量不轻——这手感显然不是真的鸡蛋。"猜得到是什么吗？"渚小姐展颜一笑，让我看看鸡蛋底部——竟然开了一个小口。"这是自制的鸡蛋皂。有兴致时我还会加入蛋黄，就能做出奶泊色的鸡蛋皂，颜色、形状都和鸡蛋一样。"没想到蛋壳还有如此妙用。

　　鸡粪、羽毛、鸡蛋和蛋壳各尽其用，院子里的鸡与吉原家的生活紧密联结，自然和谐地融入良性循环。"两三天不在家也没关系，养鸡真的很轻松。我建议大家每家都养三只鸡！"

　　拓志先生儿时想要孵化小鸡的梦想也终于在前年实现了。"前年有只孵蛋的母鸡中途放弃，但对着光照已经能看到鸡蛋内部的血管了。我把它们裹在电热毯里焐了几天，竟然孵化成功了！"他细心记下了小鸡诞生的日子，6月20日。那感动人心的瞬间永远保留在了两人的家庭相册中。

将鸡蛋开口部分向下放置，瞒过
客人的眼睛，这好像是渚小姐的
秘密小乐趣。我也上当了。

Enjoy your
niwatori
life.

105

D-J RANCH
带广市岩内町第 1 基线 22 号
TEL.0155-60-2676
http://www.h7.dion.ne.jp/~d-jranch/

自然马术
人与马的和谐默契

坐在马背上所见的风景，身体的韵律，迎风疾驰的畅快……
骑马有无限的乐趣。
若想感受其中至味，或许要认识一下"自然马术"。

采访、文字／和田玖实子　摄影／村上真美　设计／高山和行　照片／D-J RANCH

神奇的自然马术

所谓自然马术，是指不强迫马服从命令，通过主动学习马的行为与习性，理解马的想法和感觉，在人与马之间建立起一种亲密的沟通方式。经过这样的过程，马自身的主动性被充分调动，以往各种难以驯导的行为可以更快地看到训练效果。有些马并不听从饲主的指令，驯马师也能逐渐改变它们的一些行为。自然马术源于美国西部的养马人凭感觉逐渐摸索出来的一套技巧，最近20多年，人们才将其语言化、系统化，方便大家学习。

听说日本最早采用自然马术的驯马师持田裕之先生就生活在带广，于是我们专程前往位于岩内仙峡附近的"D-J RANCH"马场，拜访这位驯马师。骑过马的人第一次看到马上的持田先生，想必会深受震撼，甚至为之感动。

我们见到持田先生时，他正骑着一匹没有配戴辔头的马，因为没有缰绳可握，他两手空空。打个比方，他就仿佛坐在一辆既没有方向盘，也没有制动系统的汽车里。不过，持田先生却能与他的爱马卫斯理轻松地在马场中忽左忽右、轻盈自在地驰骋。起跑、停步、横走、后退……卫斯理仿佛成了持田先生身体的一部分，身姿轻盈。明

1.骑行前把马尾细心地编好。马儿也喜欢这样的精心打理。　2.马场内的训练都是量身设计的。右侧是持田先生的背影。　3.纵马疾驰再忽然勒止，气魄十足。这是牛仔们训练马儿追牛时培养的技巧。　4.在持田先生的引导下，马儿潇洒地越过障碍物。　5.卫斯理在持田先生的指引下时左时右、脚步轻快。持田先生有时用手、有时用脚、有时用声音来引导爱马，马则通过全身来感知。

一上马背就立刻精神抖擞的本田达生是位智力发育迟缓的少年。每到周末，他的母亲都会从带广市区驱车30分钟，带他来这里上课。本田达生迄今已有10年的骑马经验，在这里也上了3年的课。下课后，持田先生带他来到马厩，教他如何安放马具。

明没有缰绳，他是怎样控制马匹的呢？"即使没有缰绳，马也依然能够感知骑手的意图。沟通并不是只能依靠一种工具，还可以用目光、用脚或手指沟通，马这种动物对领导者是很驯顺的。另外还可以通过触碰马的肩部……"持田先生轻轻碰了碰卫斯理的肩部，高大的卫斯理立刻俯下身体，转了个圈。这一招简直太高明了，能让马做出如此复杂的动作，却没有一点压迫感，这也许就是所谓的人马合一吧！

自然马术的美好就在于，它可以让人从违背马的意愿、逼迫它们作出反应的心理压力以及无法预测马儿行动的不安中真正地解放出来，从心灵深处与马融为一体，达到高度的默契。

了解马的想法

当年，持田先生为了与马一起生活来到了北海道，在日高的赛马育成牧场负责调教新的赛马。他的新西兰同事克里斯托弗·拉斯本给他看了一盘录影带，由此他认识了自然马术，大为震撼。当时日本还没有引入这样的先进理念，他通过自学深入了解

4～5人组队，在音乐声中排练队形，为"方块舞"比赛做准备。当成表演来看，也令人赏心悦目。排练的难点在于做到整齐，为了避免拥挤，队伍要适当地错开一个马身行进，据说这是最难的技巧之一。

了这种训导技术，大大地拉近了人与马的心灵距离。

"以往的调教法大多偏重于方法，比如告诉我们套马衔时动作要轻柔，却并没有说明缘由，而自然马术就会解释，马的嘴部非常敏感，所以动作要轻一点，注意马的舒适度，等等。总而言之，自然马术解释了许多'为什么'。"马的行为都是有理由的。不清楚缘由，就无法真正解决问题，也难以有效地沟通。"拘泥于模式化的方法，一旦有些马儿没有反应，训练不就是一再地徒劳吗？如果我们不再局限于程式，真正了解'为什么'，就可以从源头上找出解决问题的方法。"

有多少匹马就有多少种训练方法，持田先生的话有丰富的驯马经验为证，很有说服力。

既然如此，只要了解马的想法，很多问题就能解决吗？"确实可以解决大多数问题，不过动物的想法也在不断地变化。马儿没有需求就不愿行动，狗也是如此。所以主人与马之间一定要建立起一套规则。"如此说来，还是要教会马儿主从关系吧！"与

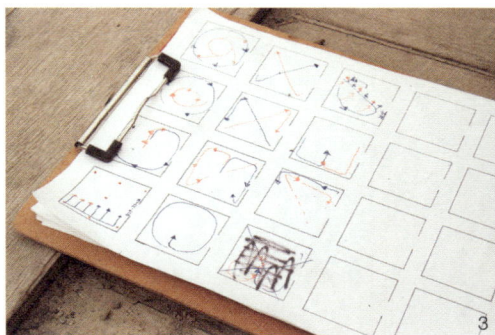

1.敦促马行动的细鞭作用相当于"延长的手臂"。　2.很多马不喜欢运输家畜的车，持田先生由此提出了"让马儿感觉舒适的家畜车"这个想法。　3.记录马匹演出队形的表单。等到骑手们正式着装上场，表演会另有一番风味。　4.牧场主迪克先生（右）为持田先生所折服，将整个牧场交由他打理。两人正在指导队伍。

其说建立主从关系，不如说通过领导力来指引。以前，人与马之间是主从关系，马儿必须服从，但在我们的训练中，马儿'不想做也无所谓'。我们只是向它们提议'可以尝试这么做哦'，然后让它们自己选择，失败了也没关系。比如，在该制止的时候不强行制止，马儿反而更容易引导，因为一味地制止就无法了解它们真正的想法。马这种动物喜欢安全舒适的环境，所以我会给它们两种选择，一边安全舒适，另一边不舒适，让它们自己挑选。有些马儿不愿意上运输马匹的专用车，我会试着告诉它们，车上安全又舒适。这样马儿就想搭车了（笑）。"

认为马不过是家畜、抱着无所谓的态度强迫它们服从指令也不是完全不奏效，但它们实际上敏感又聪明，只要我们认真了解、用心沟通，回报很可能远远超过付出。在质疑马的天资之前，或许我们首先应该自省。"不只是马儿，人也必须好好学习。如果人不率先改变，马儿是不可能改变的。"持田先生的话深深地打动了我们的心。

每年8月的第4个星期日，中标津町会举办"标津、中标津联合赛马大会"。赛场虽然看起来有些简陋，但举办的比赛可不少，一天最多可以看到30多场比赛。这是日本最大的草竞马大会，非常值得一观。

北海道东部的夏日风物诗

一起去看草竞马吧

标津·中标津联合 馬事競技大会

日本日益减少的地方草竞马活动，
在夏天的北海道，特别是东部地区，至今依然盛行。
无论是高头大马还是精壮的小马，
都带着骄傲，意气风发地迎接每一次挑战。
所谓的"我即马"的运动会，
看过一次，就能感受到它的魅力所在。

　　草竞马是一种在乡村举办的小规模赛马活动。以前，马在人类的生产生活中有着不可或缺的作用，人们为了展示自家的马匹，逐渐形成了这样的赛马风俗，并传承至今。如今，草竞马在北海道依然盛行。中标津、别海、鹿追、音更、弟子屈、阿寒、标茶、根室……举办地点集中在北海道东部地区。参赛者不仅限于当地的养马人，无论是谁，来自哪里，带着怎样的马，只要当天早上报了名，都可以参赛。每年6～9月，这些地方都在举办赛马大会，众多参赛者带着各自的爱马前去参赛，驰骋赛场。

　　从小型马到重量级的挽马①，参赛的马品种繁多，比赛项目也非常丰富。在会场外围，轻量级赛马轻健地小跑而过。与此同时，内场的观众正在为逐渐逼近、拉着雪橇的挽马高呼助威。通常，会场外围和内场会同时开展不同的项目。（各地根据当地土质情况开设适合当地的项目，有些地区只有马拉车单项比赛。）其中，北海道东部地区特有的马车比赛尤其精彩，马儿拉着双轮车奔驰的场景有种独特的怀旧趣味。

　　大部分草竞马参赛者都不是为了赚取奖金而来，这一点很难得。草竞马是属于马的舞台，养马人精心养育马匹，像对待家人一样用心与它们交流，这些让主人引以为豪的爱马就在这舞台上尽显风采。草竞马根植于人与马的共同生活，是生活的延续。它充满了乐趣与温暖，是一项能够点燃人们热情的节日活动。

---

①用于耕地或拉车的马，体形较大，强壮有力。

1. 内场正在进行重量级的马拉车比赛。　2. 拉着双轮车的马车比赛。马在疾步奔跑时必须有两条腿同时着地。在日本，现在只有在北海道东部地区才能看到这种情景。　3. 会场外围的轻量级赛马比赛，许多骑手还是孩子。　4. 会场旁停放着运输马匹的厢式货车。　5. 年长者们在赛场上的活跃令人惊讶。可见赛马历史之久，以及他们对赛马的热爱之深。

小岛之家

红砖小屋中的时光之旅

小岛小姐游遍了世界，
最终在北海道停下脚步，
聆听湖泊、森林和农田讲述自然的道理。
她在红砖绿顶的小屋中提笔作画，
开始了一场岁月中的旅行。

梦想中的红砖小屋

在由仁町新兴住宅街的一角有栋别致的房子，立在周围的建筑之中，散发出与众不同的气息。那是一间有着绿色屋顶、红砖墙面，形似农场房舍的可爱小屋。"大家都说，我家好像随时会有3只小猪跑出来。"小岛加奈子小姐说完自己也觉得有趣，不禁微笑起来。

这栋小房子是画家小岛小姐在7年前按照自己的理想努力打造的。当时的她还是单身，偶然从报纸广告中得知由仁町正在招募新居民，而且还提供新的住宅用地。她立刻报了名，并且幸运中选，当时的中签率是1：8。因为希望能与树林相伴，小岛小姐挑选了位于街区边缘的一块地。建好的房子玄关朝南、面向道路，东侧是车库和晾晒场，西侧是自家菜园，屋后留有空地，日后有需要的话可以再建一栋房子，再后方则是茂密的树林。

说到建造自己的房子，小岛小姐脑海中首先浮现出的是红砖房。之前她曾走访江别等地区，红砖建筑总是莫名地吸引她的目光，她甚至会当场动笔描绘。"我翻出之

前画的几张红砖建筑速写，带着这些画前往红砖工厂，告诉厂商我想建造这样的房子，请他们帮我介绍建筑师和施工队。"

　　由于预算有限，用红砖砌了外墙后，资金就所剩无几了。因此，房子的内部装潢极为简单，几乎没有安装室内门，建筑面积也缩小了一些。小岛小姐对此却不以为意——室内可以等资金充足时进行二次装修，房屋虽小，目前与先生两人居住却刚好合适。而且，亲自从工厂挑选的红砖和烟囱让她十分满意。

充满北国风情的复折式屋顶

　　根据速写进行房屋设计时，建筑师告诉她，房子只建一层实在太过浪费，小岛小姐便递出了不知何时画好的小屋素描。小屋采用复折式屋顶，可以建造宽敞的阁楼，更重要的是，这样的屋顶搭配红砖外墙十分和谐。"我非常喜欢这种屋顶，很有北海

小岛小姐的先生是位厨师，他为我们准备的奶油炖菜十分美味。炖菜和配菜里的蔬菜都是自家田里种的。

道风情，而且十分可爱。"红砖墙面配上绿色复折式屋顶，这栋独一无二的房子终于诞生了。屋顶颜色的灵感来自江别的某间玻璃艺术馆。

　　小岛小姐独自在这座房子里度过了来到北海道后的第一个冬天。她告诉我们，铲雪非常耗费体力，幸好复折式屋顶不容易积雪，她不需要爬上屋顶铲雪。不过，至今听到大量积雪落下的声音，她偶尔还会吓一跳。屋顶下的阁楼后来成了小岛小姐的画室。画室原本打算设在一层，不过"在屋顶下感觉更加自在"，于是搬上了阁楼。如今，她每天在画室里一边欣赏外面的田园风光，一边创作。

游走的心停歇在支笏湖边

　　在移居由仁町之前约 5 年的时间中，小岛小姐夏天总是住在支笏湖边露营场的房车里，冬天则回到故乡名古屋。她是个积极的行动派，曾只身背着行囊游遍了日本各地，还多次前往海外。

　　定居之后，小岛小姐依然经常前往支笏湖。她多半会在露营场住上几天，到森林里拍照、画速写，作为创作的素材。除了准备个展等比较忙碌的时期外，她几乎每周都会去。

　　"我非常喜欢森林，尤其是位于湖泊、山峦之间的森林。支笏湖被群山和森林环

当时给红砖工厂参考的红砖建筑速写。右边的是江别的一间玻璃工艺馆，两座建筑都采用了绿色复折式屋顶。

停车场旁随意摆放的招牌。仔细一看发现它是由树木残根雕成的，上面还有个松鼠造型的雕塑，很符合小岛小姐的风格。

抱，充满了神秘感，我好像被它蛊惑了——我也去过阿寒湖和摩周湖，却不知为什么，唯独偏爱支笏湖。"

像小岛小姐这样喜欢游走四方的人，现在为什么会停下脚步，时常往返于相同的地方呢？

"我深深地体会到，真正了解一个地方需要时间。旅行中会在许多地方遇见许多事物，但每一次的相遇都很粗糙。而长时间待在森林里，就会有许多细微的发现，比如意想不到的地方长出了香菇。这些发现十分有趣，是旅行时所没有的，也许是移动观测与定点观测的不同吧。"

时常变换目的地的旅行固然有趣，但现在的小岛小姐更想专注于支笏湖这个神奇的地方，欣赏它的四时风光，捕捉它的晨昏变化。大自然的珍宝无穷无尽，带给了她远远超过短期国外旅游的满足。

森林中的启发

小岛小姐的画风格细腻纤柔，主题多半是动植物。欣赏她的画时，感觉就像在森林里蹲下身来、贴近了仔细观察：叶子表面的脉络、松鼠身上的细毛……全都清晰可见，每一幅画都是如此地鲜活生动。

左／室内装潢十分简单，打算不久后再刷上硅藻泥。　　右／占了一楼 1/3 空间的客厅。

近年来，小岛小姐尤其喜爱描绘森林里树木的残根。长有蕨类的朽木、覆满青苔的树桩……对于这类题材的偏爱，要追溯到她在支笏湖边看到绝美风景的那一天。

"那天我心情低落，正在支笏湖边的森林里散步。阳光从叶隙间洒下，宛如聚光灯一般照亮了地面，这样的景色在森林中经常可以看到。当时，阳光照射的地方倒着一棵自然腐朽的巨木，上面新长出的嫩芽闪闪发亮。看到这一幕，我深受感动。"腐朽完结的生命孕育着新生的力量，小岛小姐决定遵循自然的指引，自此以后，她开始以残根为创作主题之一，细心描绘自然中的生物万象。

除了支笏湖边的森林，小岛小姐还绘有小毛驴系列、天使系列等富有故事性的作品，记录在由仁町生活的《由仁日记》系列也是其中之一。这个系列每个月会有一张新作品，主要的描绘对象就是自家附近出现的小动物和田间生长的农作物。

小岛小姐的创作素材不仅限于画布，还有木板、玻璃等，她会根据不同的作品做出相应的选择。例如，抛光玻璃特别适合用来表现青苔的湿润感，也很适合描绘北海道的清晨。

作品经由名古屋的画商抵达全日本画迷的手中。左起依次是《树桩之乐》（墨水、丙烯颜料）、《初绽》（墨水、丙烯颜料）、《森林之旅——土之华Ⅲ》（玻璃）。

《由仁日记 June》（水彩、拼贴）

《由仁日记 July》（水彩、拼贴）

室内一角砌上了古董红砖，与外墙的感觉截然不同。风化后的红砖质感独特。

在时间中旅行

从艺术大学毕业后，小岛小姐游遍了日本的主要离岛（远离主体岛屿的小岛）、亚洲其他国家以及欧洲多地。对于目前在北海道的生活，她有种"浮踪浪迹，终于尘埃落定"的感觉。

起初她并未打算定居在由仁町，只是想在这里建一间工作室，盖一间简朴的小屋，夏天在这里作画，冬天回名古屋生活。不曾料想，买下土地的前提是必须定居，仓促之中她只好决定住下。

红砖小屋和定居都在意料之外，不过她却在这里收获了无可取代的珍宝，这与支笏湖边的森林默默传达给她的道理是同样的。

"今年雨水太多，田里的农作物长势堪忧。大雨连天，田里的小黄瓜可能会烂掉……这些都是在这里住了几年之后才了解的。定居以后，我才有机会体悟这些自然之道。"

小岛小姐的日常作息很规律，早晨作画，白天日光强烈、用来处理家务和其他杂务，傍晚到晚上10点左右继续作画。工作之余，她会特别留意在不同的季节造访窗边的绿啄木鸟、栗耳鹀、褐头山雀等鸟儿。如果午后下起雷阵雨，就赶忙收回在外晾晒的衣物。每天都来报到的虾夷松鼠还没来，会不由得担心……就这样度过一天天的时光。

有些世界在空间的旅行中无法得见，唯有在时间中旅行，才得以一窥。小岛小姐现在的生活就是一次岁月之旅，而她最爱的红砖历经岁月的洗礼，想必也会越来越有韵味。

小岛小姐对家里的状态非常满意。玄关地面铺着爱知县产的常滑烧陶器碎片。

与钏路川相依相伴

顺应自然的巴士生活

隆浩先生收集小树枝生起火，用土锅烧水煮了乌冬面，
真澄小姐以土当归、刺龙芽为主材，炸制了蔬菜天妇罗，
小明和小泉津津有味地大口吃着。

春寒料峭，冷风不时地搞点恶作剧，让人忍不住皱眉，
但大家聚在一起，有充足的时间从容地享用午餐。
有家人、有营火、有温热的食物，
这就是真切地活在当下的感觉。

采访、文字／名嘉真咲莱　摄影／村上真美　设计／高田明

傍水而居

　　钏路川是有生命的。以弟子屈町为中心，从事了整整一年的水上导游工作，桥田隆浩先生真切地体会到了这一点。无论是钏路川声势浩大、奔流入海的壮美雄姿，还是山川随四季轮转、朝夕变化呈现出的万千风景，都是如此美丽，充满生机。

　　为了更加深入地感受钏路川的蓬勃生气，隆浩先生与真澄小姐、小明、小泉一家四口住到了钏路川的源头附近，靠近屈斜路湖。

　　他们的家是一辆涂装成咖啡色的老旧巴士。白桦林绿荫浓密，掩映着已经退役多年的巴士，轮胎旁灌木丛生，旁边停着两辆似乎还能行驶的面包车。与真澄小姐相遇之前，隆浩先生就已经独居在此，一步步把废弃巴士打造成了住宅。屈指一算，今年已经是他住在这里的第十年了。

围着巴士旁的营火吃午餐。这天层云蔽日，气温很低，更让人感受到火堆的温暖。

不过，用"住宅"来形容这辆巴士似乎有点言过其实。走进车门，车内只有卧室和小小的客厅，唯一称得上家具的，或许就是收纳餐具和书籍的柜子了吧。他们给巴士安装了电话线，不过并没有通水电。日常生活用水取自附近的摩周泉，煮饭主要用简易瓦斯炉。弟子屈町是北海道著名的温泉乡，无须担心洗澡的问题。"没觉得有特别不便的地方。"隆浩先生和真澄小姐异口同声地说。

不过，在巴士里过冬还是十分辛苦的，目前他们只在晴暖的 5 ~ 11 月来这里生活，冬季就搬回镇上。为了将来能长年在此生活，他们准备在巴士旁盖一间小木屋。

顺应自然，活在当下

隆浩先生一家并未执意住在巴士里，也没有刻意追求所谓返璞归真的原始生活。他们思考的，只有亲近河川这一件事。"如今，日本几乎所有的河川上都修建了水坝。为什么要在河川上修建水坝？细细想来，其实都是为了扭开水龙头就能取水，按下开关就有电可用……简单来说，就是为了生活的便利。"隆浩先生来自关西，他成长的地方就是以牺牲许多生物、破坏自然环境为代价才建成的都会区。他的话听起来含蓄，却带着深深的批判与自省。

至于真澄小姐，她在大学期间曾为了调研走遍北海道的山林。在搬进巴士之前，她住在札幌市中心的公寓里。"我渐渐觉得，如果自己的生活少一些便利，就可以减轻周围生物和环境的负担，这样的生活方式我们应当尝试。只有这样，人与大自然才能一同得到长久的幸福。"

久居于此，两人看到的世界越来越宽广，对河川与周围生物的感情也日益加深。他们深切地感受到自己也是自然界中的一员，与周围的生物紧密相系。隆浩先生和真澄小姐希望自己能与其他生物一样，真正成为大自然中的一分子，以大自然与自己都认同的方式生活。

他们笑着说，目前仍处于尝试阶段，距离真正地与自然同步还有很长的路。一到

Nanook
ナヌーク
由隆浩先生负责水上导游、真澄小姐负责客人接送和餐点制作的户外探险公司。
在 Nanook 制定的行程中，船只并不是由隆浩先生驾驶，而是让客人自己操纵，以便客人能更直接地感受钏路川的气息。
http://17.ocn.ne.jp/~nanook/

冬天，还是得住进有水有电的房子，为了方便客人预约泛舟行程，也仍然需要手机。"为了给手机充电，最近买了这个——"隆浩先生向我们展示了一个形似公文包的便携太阳能充电器。他们正是这样用心于细微之处，确认真正需要的、移除不必要的，逐步明确了自己想要的生活。

聊天时，隆浩先生想必也时刻感受着河川的存在吧。"以前我是个上班族，一直难以静心于当下的生活。周一就惦记着周末假期，闲来无事时常对几十年后的晚年生活感到不安，总是在担心未来。但现在，我每天都生活得很愉快。早晨起床，感觉天清气朗，就对自己说'给木材剥树皮吧'。有时也觉得不可思议，为什么现在可以生活得如此快乐呢？或许是因为，在都市生活时身边都是人，而现在身边是充满生机的自然吧。现在的我每天都活在当下。"

悠然一日

蜿蜒流淌的钏路川滋润了大地、孕育了树木、拥抱着鱼群，蕴藏着丰富的生物资源，维护着生态平衡。置身于河畔，遥望河川流经的悠远世界，我们意识到人在自然的广阔与奥妙面前何其渺小。在与自然界其他生命的紧密联系中，我们也惊觉人类群体的影响何其巨大。由此看来，着眼于视野范围内的具体事物固然重要，但更重要的是不局限于眼前，依循超越时空的直觉，用心感受生活的本质。

我们与隆浩先生一家共度了一个寻常无事的下午。鸟儿在枝头轻啭，脚边可以看到蠕动的蚯蚓。小明迅速地吃完饭后，开始采摘香菇送给我。趁他背对着我的时候，我悄悄地把香菇丢进火中烤，大家相视而笑。

"身边有河川、有森林，就会有食物。钓钓鱼、挖野菜、烤鹿肉……希望每天都能这样单纯而快乐地生活。"隆浩先生与真澄小姐笑着说。他们珍惜当下，用心生活，正如身后的钏路川朝向生活的海洋不断流动，涓滴都汇在当下。采访一家四口时所见的风景，如同那天在火堆旁染上发梢、渗入衣物的烟味一般，久久挥散不去。

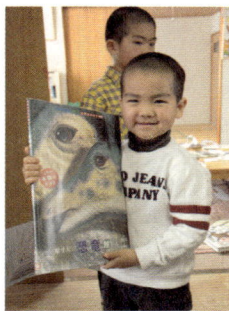

移居黑松内町的小村落
内田家的幸福密码

内田家的爱车顶上积雪未消。
可见他们虽然住在郊外，却极少开车出门。
内田一家的日常生活，
正是"知足常乐"的真实写照。

采访、文字／能田孝章　摄影／高原淳　设计／高山和行　采访协助／黑松内町

　　位于北海道南部的黑松内町，是名副其实的自然宝地，辽阔翠绿的山毛榉森林环绕在周围，清澈的朱太川流经于此，香鱼与樱花钩吻鲑栖息其中。从镇中心驱车一路向东，沿途房子的密度越来越低，20 分钟后，路边已经几乎看不到建筑物了。正在怀疑汽车是否开过了头时，内田家的房子出现在眼前。回望身后，除了远处的一座民宅，就是皑皑的雪原。继续向前，这条路变成了狭窄的林道，最后消失在荒烟蔓草间。内田家正位于黑松内町的边缘，等到春天来临，这附近便是一片生机勃勃的景象：冰雪消融，小河潺潺流淌；草木抽芽，绿意渐浓；各种动物也会从睡梦中醒来，尽情欢腾，听说屋顶上正躺着一条冬眠的日本锦蛇……如此看来，这栋房子的确有些特别。

　　内田先生和出身大阪的妻子绢江小姐，以及明年春天即将升入小学的长子森人、次子大地，在去年夏天从长野县搬到了北海道。

　　"以前住在长野，虽然环境也十分优美，但当地保留了许多江户时代流传下来的风俗，气氛相对保守。我们夫妇年轻时尚未察觉，有了孩子之后，就逐渐感受到来自周围的各种限制。"提及长野，大家多半会想到它有着丰富的自然资源，与北海道相比毫不逊色。但内田家所在的地区，每座山自古至今一直为山主私人所有，河川堤岸高

1. 铸铁火炉是内田家的必需品。除了烧水，煮饭也全靠它。　2. 他们在住宅旁开垦了一块土地，去年成功收获了肥美的白萝卜。　3. 很有主见、稳重踏实的哥哥森人（左，5岁）和好奇心旺盛、十分黏人的弟弟大地（右，3岁）。两个孩子都具有敏锐的感受力。

筑。孩子们虽然满怀好奇，却只能被阻隔于外。原本以闲静著称的一座小镇，由于道路的开发也开始出现飞速行驶的车辆，让人心浮气躁。总而言之，那里并不是个适合孩子度过童年的地方。

"虽说住了十年，但仔细一想，这里并没什么非住不可的理由。"下定决心之后，一切就简单多了。他们很快选定了目的地，就是爱好登山等户外活动的两人曾屡次拜访的那片熟悉的土地——北海道。

找到投缘的温情小镇

在利用网络收集各地的乡镇信息时，不知为何，黑松内町特别吸引他们的注意。想必人与土地之间也存在超越理性的缘分吧。绢江小姐说："直觉告诉我，这就是我们今后生活的地方。"内田先生记得，当时他从建设完备的政务网就感受到了当地政

内田健一先生和绢江小姐。内田先生从信州大学毕业后，当过伐木工人、参加过森林公会，也担任过专科大学的讲师，从不同的角度关注着日本林业的发展。目前他以自由职业者的身份四处宣传新的林业发展形态。

府接纳新移民的热诚态度，实际联络之后，各种政策和交流也让他备感温暖。"首先，回复我们咨询的信件言辞十分恳切。预先来看房时，町政府工作人员的态度也很亲切。当时我们刚好得知这座房子正在出售，于是顺道过来看看，没想到一下子就喜欢上了周围的氛围。至于房子本身，以后有时间可以自己修缮嘛（笑）。"

不过，对于内田一家而言，黑松内町毕竟是未知之地。回到初衷，如果搬来这里对孩子并无益处，移居也就失去了意义。内田一家需要暂住一段时日来考察能否适应这里的生活，于是决定利用"短居计划"。这是当地推动的一项计划，可以让外地人以相对低廉的费用暂住在家具齐全的房子里，真实地体验当地的生活。短短3个月之后，一家人便正式告别长野，搬进了黑松内町的短居住所。经济上，由于内田先生是林业研究方面的专家，还出版过相关的著作，所以收入尚可（其实在此定居之后，收入来源主要是应相关机构邀请所得的演讲费、稿费和咨询费），而且内田先生一向生活简朴，如果发现需要添置的物件，他很乐意自己动手制作。

内田家所在的东川地区，自明治时期至今
一直维持着 12 家住户的规模。房子的价格
"和买车差不多"。内田先生还说："无须贷
款就能买房，北海道实在是太棒了（笑）。"

不愧是继承了内田家基因的男孩，非常有男子气概。他们从用推土机堆成的"雪山"上直冲而下，毫无惧色。

左／去年秋天收获的山葡萄，经小
火熬煮，手工制成酸甜的果酱。标
签上的装饰画出自长子森人之手。
右／两兄弟最喜欢画画。画的主题
非常丰富，家中装饰着绘有汽车和
动物的图画。

真正的富足无关金钱

从体验短居到真正定居，一家人的生活似乎并没什么不足之处。不仅如此，内田
夫妇认为住在这里对孩子的成长大有裨益。"对于两个小男生来说，现在的生活几乎
每天都在历险——只要骑上自行车，用不了多长时间就能看到完全不同的景色，生活
实在太精彩了。附近似乎有 20 年左右没有小孩子了，或许正因为如此，这一带的人
都很照顾他们。"

"住在隔壁的爷爷也说，两个孩子就像自家的孙子。老人家对他们非常爱护。"绢
江小姐笑着说。在这个冷漠的社会，连和邻居微笑打招呼都十分难得，没想到还有这
样民风淳朴的地方。

在众人温暖的守护下，两个男孩利用身边的东西自己动手做玩具，四处玩耍奔跑，
偶尔带点擦伤回家……他们无忧无虑地渐渐成长，没有任何安全担忧与束缚。

内田一家总是笑声
不断。"不用花很多钱，
我们也能快乐地生活。
有些人一旦缺金少银就
难以感觉到快乐，我觉
得自己远比他们富足。"

内田一家知足常乐，
善于发现并且懂得珍视
日常生活中的美好。他
们单纯而又充实的生活
就像眼前这片白雪，闪
闪发亮。

初次拜访时，英生先生正在会馆中埋首创作。一场大火烧毁了他的家。一切烧毁后，他才意识到，对自己来说最重要的东西其实并未消失。

英生先生的洄游

画室"华"：绽放于上勇知之丘

年轻时尽情徜徉于大海，不断汲取新知，
等到年事渐高，就回到出生的河川，
把自己所学告诉孩子们，滋养故乡。
人生如旅，英生先生最终选择回到故乡上勇知安度晚年。
举目远望，利尻富士山露出了美丽的脸庞。

采访、文字／和田玖实子　摄影／高原淳、菅原正嗣　设计／高山和行

画廊里可以欣赏到英生先生的收藏品。极具现代感的空间让人几乎忘记这里原本是间牛舍。

极北之地的田园风景

画家高桥英生年轻时生活在札幌，曾几度远赴巴黎写生。18 年间他 6 次前往法国，住在巴黎的时间前前后后加起来有 6 年。棕黄色的墙壁，花朵点缀的空间……英生先生热衷于描绘巴黎自然优雅的日常风景，柔美的画风能将观者带入如梦似幻的浪漫世界。因此，只要提起英生先生，资深画迷就会想到巴黎。如果这些画迷得知品味高雅、富有法式浪漫情怀的英生先生竟会搬回故乡——稚内市的上勇知居住，想必会十分惊讶。

不过对英生先生而言，追求人生的浪漫与在上勇知生活并不相悖。

在稚内市的西部，有一处被称为"南上勇知"的地方，这里是牧场区，面向利尻岛。近年来，农户们纷纷离开此地，前往大城市，当地人口日渐稀少，目前只剩 12 户人家。

大家的脑海中或许会浮现出一幅日本海边潦倒破败的乡村景象，不过现实并非如此。

低缓连绵的丘陵有着浓浓的欧式田园风情。夏天，山花烂漫，开遍原野；冬天，落雪霏霏，一片银装素裹。仰望天空，白鸟如流云飞掠而过……

最令人震撼的是隔海相望的利尻富士山。在丘陵与蓝天的交界处浮现出利尻富士山的美丽轮廓，它与风、云、阳光一同嬉戏，千姿百态、瞬息万变，仿佛接连展开了一系列唯美的画卷。置身于南上勇知这片丘陵之上，云朵近在咫尺，仿佛天国也触手可及。

英生先生对这片土地一见钟情。他在山丘上找到了一栋附带牛舍的废弃木屋，带着妻子孝子搬到了这里。孝子太太也和他一样，自此迷上了利尻富士山纯净、壮阔的风景。

回归人生的原点

高桥先生的画室名为"华"。高桥家的主屋一楼是住宅兼画室,可以眺望山丘的二楼则改建成了咖啡厅。牛舍内的东墙刷上了白漆,东面就作为画廊;西面透过窗户可以清楚地眺望利尻富士山,用木板隔成了两个房间,一间作为绘画教室,当地的孩子们可以在这儿自由画画,另一间则是名为"KO·SHI·KI庵"(て·し·き庵)的榻榻米和室。

"KO""SHI""KI",这几个音节是什么意思呢?"我搬到这里的前一天,有三位来自本州的年轻人到我在札幌的家拜访,问我能否允许他们借住。我说借住倒是可以,但我明天就要搬到稚内市了。他们异口同声地说要和我一起去稚内,帮我搬家。后来我们一起来到这里,直到牛舍中的隔板钉好后他们才离开。'KO·SHI·KI'是他们三人名字第一个字的发音组合,这个房间永远为他们保留。我告诉他们,人生顺遂时,来不来无所谓,如果遇到什么事,这里永远都是他们的家。"KO·SHI·KI庵没有通电。完工那天恰巧是薄若莱新酒节,高桥夫妇和三位年轻人在烛光下举杯同庆。"这个房间谁都可以来。即使囊中羞涩不想点饮料,也可以喝水休息,或者在烛光下回首过往。"人生总有得失起伏,在安静的房间中眺望远方的利尻富士山,也许会感受到永恒与安定。这个永远保留的房间象征着英生先生和三位年轻人的原点。

尚未通电的 KO·SHI·KI 庵。英生先生的旧书架、从巴黎带回的地图和旅行时拍摄的照片营造出这片宁静的空间。窗外是利尻富士山的绝美风景。

139

画室：华
あとりえ華
稚内市大字抜海村字上勇知原野 949-3
TEL.0162-73-2905
※ 咖啡厅营业时间为 4 ～ 11 月
10：00 ～ 18：00。周四休业。

播撒艺术的种子

画廊雪白的墙面上挂着英生先生一件件收集来的画作与各种艺术品，其中也有英生先生自己的画作。这间画廊和 KO·SHI·KI 庵一样，也可以免费参观。"在欧洲，乡村的文化气息十分浓厚。不起眼的村庄小屋里也可能藏有画廊。"在巴黎的生活让英生先生深切地感受到艺术是生活中不可或缺的部分，所有人都可以去理解、亲近，尤其要让孩子们尽早接触艺术。"孩子们绝对能理解艺术。"巴黎的卢浮宫美术馆，在每月的第一个星期天和法国国庆日（7 月 14 日）可以免费入场，未满 18 岁的观众完全免费，26 岁以下的观众在星期一傍晚 6 点后免费……英生先生深信，自然、文化与艺术是培养感受力的三个要素，而富有感受力的孩子会给社会带来更加多元的面貌。

大火中的得与失

如果说有什么能比山丘美景更让英生先生感动，那就是上勇知的人情味了。"当地人很有包容力，对我们这些看起来有点'奇怪'的人也会很自然地表示欢迎。刚到这里时，我们和左邻右舍打招呼，邻居们都会问：'家里有蔬菜吗？生活有什么问题吗……'画室遭遇火灾时，村民们一起打扫出村里的会馆让我们暂住，还准备了浴盆和装满食物的大容量冰箱……这在其他地方是不可想象的。"在英生先生来到上勇知的第四年冬天，一场大火将他家的主屋烧毁，火源可能是家中的火炉。那时有一批画作即将完成，马上就能出售了。刚买的高级画框、昂贵的画材和所有作品全都付之一炬。

住宅烧毁后，英生先生大感绝望，满脑子充斥着"画被烧光了，没有收入了……"的念头，没想到当地居民立刻为他们四处奔走，提供各种帮助。只有在面临困境的时

左／勇知芋吐司配奶油和糖蜜。配菜是自家腌制的胡萝卜泡菜。
右／能够品尝出面粉的香味、越嚼越好吃的荞麦司康。

候，才能深切地感受到人情的温暖。这场火灾让他们失去了许多，但他们也因此领受了弥足珍贵的善意。

新的画室"华"就建在原址上。重建时一并整修了二楼的咖啡厅，以黑色和白色为基调、简约时尚的空间就此诞生，从吧台的座席可以眺望上勇知山丘与利尻富士山。咖啡店主孝子太太气质优雅，富有亲和力。"除了白天的美景，还能在夜晚看到漂亮的银河，有时甚至可以看到人造卫星和流星。"孝子太太微笑着说。

勇知芋——丰饶大地孕育出的美味食材

孝子太太在咖啡厅里忙碌着，用当地食材做了简单的菜品。用刚从院子里采的新鲜香草泡的香草茶散发出与众不同的香气，司康中添加了当地产的荞麦，口感酥香。从前住在这里的爷爷在屋旁种了一棵李子树，孝子太太把成熟的李子做成了果酱，用来搭配司康……品尝着这里的食物，一种温暖的感觉油然而生。我觉得最特别的当属用上勇知的特产——勇知芋做的土豆吐司。

"勇知芋"这几个字，即使是北海道本地人可能也不太熟悉。这种土豆过去在上勇知栽培，被誉为"极品梦幻土豆"，不过产量并不高，当时都是直接出售给大都市的高级餐厅。"听说勇知芋在关西很受欢迎，曾被进献给皇室，出售给东京帝国饭店，专门用于招待外宾。"告诉我们这些的是大峪秀男先生，他是一位在南上勇知颇有声望的酪农。他还告诉我们，虽然现在的南上勇知大半是草地，不过已经有人尝试栽培勇知芋了，希望能让更多人吃到这种土豆，只是目前产量仍然很低。

勇知芋源于极普通的"农林一号"，但不知为什么，在上勇知一带栽培出的勇知芋格外美味。大峪先生说："具体原因还不清楚，应该是当地风土的缘故吧。"大峪先生口中的当地风土，或许可以从耕种习惯中略窥一二。

新咖啡厅的设计灵感来自千利休的侘寂之美。以黑白为主色调的洗练空间更加衬托出窗外雄壮的自然之美。

咖啡厅柜台上随意摆放的勇知芋。色白体大、芽眼较浅，这是顶级土豆的特征。

人与土地一起休养生息

在南上勇知所在的宗谷地区，栽培农作物时几乎不施用农药，这在日本相当少见。"本州的农田几乎没有时间休耕。因为气候温暖，通常种完土豆种白萝卜，种完白萝卜又种胡萝卜……轮番种植，农民也终年劳作。然而，土地与人都需要休息。在我们这里，耕种半年就会迎来降雪，在长达半年的冬季，土地就在冬雪的滋养下休养生息。日久月深，土壤变得十分肥沃，不施用农药也可以种出好吃的蔬菜。这附近随处都能种出大颗的洋葱。"

原本漫长得让人有些无奈的北国冬天竟带来了这样的好结果。"宗谷地区的人不善于宣传，所以这些情况很少有人知晓。不过这里确实有很多优质的物产。"英生先生告诉我们。孝子太太也说："顾客进货时都想找产量大的农家。这里虽然出产好东西，但往往因为产量不够大，不管多努力地介绍，都无人购买。"夫妇俩和大峪先生都认为，消费者应该了解各地的风土特性，仔细挑选食物，这样才能照顾好自己的身体。如今，当地许多老人因为担心就医不便，搬到了城市居住，他们对此感到非常遗憾。

英生先生搬来上勇知已经 3 年多了，他觉得自己的身体比以前健康多了："视力变好了，头发也变多了（笑）。"呼吸着纯净的空气，吃着让人安心的食物，身边有温暖的人相伴……想必是生活的美好与充实充分反映到身体上了吧。

左／小小文化祭会展出当地居民的木工作品和村里的老照片。　　右／从稚内市区前来游玩的父女一起完成了画作。

新文化的萌芽

　　现在，南上勇知有了新的称呼——"追梦人之里"。不少艺术家为此地的美景所吸引，陆续移居至此，取代了弃田离乡的农民，开始传播新的文化。有人将长野县的旧宅移建至此，开设陶艺工坊；有人栽培下花色粉红的荞麦，刷新了它的最北种植地记录；有人致力于保护桦太犬；有人种下樱花树，期望春天能给这片山丘染上一片粉色……英生先生和孝子太太也是不知不觉被这里吸引、前来追梦的人。这片山丘充满了个性、梦想与希望，生活其间的人们总在思考，如何发掘出当地特有的生活乐趣。

　　如今，这里每年秋天都会举办"小小文化祭"。当地的艺术家会与孩子、老人一起参加这项充满艺术气息的活动。除了举办陶艺与绘画体验活动，画室"华"也会在画廊里挂满孩子们的作品。英生先生说，这里真诚地欢迎大家，能让人感受到人情的温暖。"越是严苛的环境越能长出好东西，人们也越能想出好办法。如今这个时代，许多人总是轻率地认为，只要举办一些热闹的活动，就能吸引人群聚集，其实发自内心地邀请才是最重要的。虽然很少有大批游客参与我们的活动，但总会有旅行者静静地造访。通过活动可以重拾许多珍贵的东西，比如亲子之间的深入交流……在我看来，这些正是这里带给人们的最美好的礼物。"

　　英生先生不断追求极致，他最后选择的终老之地就是南上勇知。无论地方大小，只要生活在其中的人们心心相连，那就是理想的归所。

左／"邑陶舍"开办的陶艺体验课。戴帽子的是窑主船木勋先生，他是追梦人的先驱者之一。　　右／英生先生在绘画教室开设绘画课。英生先生教导孩子的秘诀是，"多多称赞他们的优点"。

火灾后上勇知的孩子们给英生先生的留言。这将是他一生的珍藏。

えいせいさんのうちがかじになったときいておどろきました。だけどずっと絵をかきつづけてください。小2やまたくと

家が火じでやけちゃったけどまた絵をかいてください。小2古川あつし

火じになってたいへんだけどがんばってください。小2さがべゆうすけ

家が火じになってびっくりしました。これからいっぱいいっぱい絵をかいてください 小2板垣糸旬子

英生さんの家が雪祭りの日に火事になって私はすごくびっくりしました。この前おみみりに行った時まっくろになっている家を見てすごい火だったんだなと思いました。でも英生さんとみさんが元気でよかったです。また油絵をかくのをがんばってください。小4新田みかり

いえが火じになってびっくりしたよ。またえをいっぱいいっぱいかいてな 小2いたがきさとのり

英生さんの家が火事になったとき。すごくおどろきました。でも英生さんおくさんがけがをしなくてよかったです。またとてもきれいな絵を書いて下さい 小5板垣香名子

僕は英生さんの絵が好きなので、家が焼けてしまってもずっと絵を書きつづけてください。僕はずっと英生さんのことをおうえんしています。小3高澤匠

英生さんの家が火事になったときとてもおどろきました。でも英生さんが無事でよかったです。またとってもきれいな油絵絵を描いて下さい。小6渡辺若視

こんにちは。家が火事になっちゃってすごくショックでした。先生、先生、英生さんのとこにいったらとても元気で安心しました。これからも体のことに気をつけて下さい。これからも大きな絵になるように思います。油絵を大きな絵をかいて下さい。小2福島裕紀

夏期の映画ありました。でも元気に帰られました。私が私かは火事にあってもまた火事にあってもがんばって下さいね。新田英香。書いて下さい。

この前は、絵を教えてくれて、ありがとうございました。とても楽しかったと思いますが、一度は違った大変だと思います。また英生さんの絵を見たいです!一頑張って下さい。中3鈴木麻耶

夏期月も来年行ておせわになりました。またおもしろい体にあいたいです。おきをつけてください。じゃこれで大変つかれが書ってきましまたけど今ならはかれますように。

家が火事になって大変かと一番思ったのですが絵を体育館に書かいていると聞いて英生さんはやっぱりスマイルだと見て本当にすごいです。一番の前は絵を教えてくれてありがとうございました。中2堀香夏代

家が火事になってきっくりしました。でも英生さんはけがをしたりしないらしいです。安心しました。これからもたくさんなってきたいです。絵でがんばってください。小6坂口

RAMUYATO

ラムヤート

洞爺湖町洞爺町 128-10

TEL.0142-87-2250

営業时间／9：00～17：00

休息日／星期三，每月第二、第四个星期四

※ 冬季营业时间不定，请预先电询。

洞爷湖畔的面包店 RAMUYATO
两兄弟与湖畔的古民居

自由奔放的哥哥，单纯率直的弟弟，
各自走过了一段截然不同的人生。
在这步调舒缓的水边小镇，
兄弟俩的命运再次交汇，
他们开始了新的生活。

采访、文字／能田孝章　摄影／村上真美　设计／高田明

　　2006 年，位于洞爷湖北岸的旧洞爷村与旧虻田町合并成了洞爷湖町。旧洞爷村没有温泉，因而车流较少，路上的行人也比较悠闲。这里的人们依然保持着自己的生活步调，小镇的气氛平静宜人。今野满寿喜先生和小他 3 岁的弟弟佑介先生为这样的氛围所吸引，搬到了这里。

　　率先移居至此的是哥哥满寿喜先生。在返回故乡伊达市探望家人时，他偶然路过这里，由衷地喜欢上了这座小镇，打算将自己的工作地点从札幌迁到这里。他在村里看中了一栋 50 年前建造的老旧木屋，决意租下。

　　此时，在埼玉市一家面包厂工作了两年的弟弟佑介先生，恰好萌生了返乡的念头。"我深切地意识到自己并不适合都市生活，打算回乡。这时，哥哥打来了电话，问我是否考虑回北海道和他一起开店。"

　　这栋木屋古意盎然，但是墙面剥落、地板塌陷，必须修缮一番才能迎客。满寿喜先生与后来加入的佑介先生一起用了足足两年时间亲手整修，最终把它打造成了如今这个温暖的空间。走进其中的客人简直难以相信，这栋老屋曾经荒废多时。

　　在修葺一新的老屋内，两人开了一家面包店，名为"RAMUYATO"，兼具画廊

或许是气氛使然，店里的客人表情都很平静。这天，两兄弟的音乐家朋友杉浦雅俊先生到访。他的歌声温柔如天籁，仿佛拥有治愈人心的力量。

与咖啡厅的功能。店铺后方与二楼是兄弟俩的生活空间，摆放的各种古旧用品散发出古朴安详的气息。店铺与厨房十分宽敞，擅长发挥老物件价值的哥哥和双手灵巧有力、每天认真烤面包的弟弟都能有足够的空间大展身手。

个性迥异的今野兄弟

"要问我哥是什么样的人，简单地说，他就是个狡猾的家伙（笑）。"佑介先生这样形容哥哥，"可以说他很圆滑吗？他从小就喜欢动歪脑筋，可是从未被逮到过。"满寿喜先生笑着回应："嗯，以前确实一天到晚恶作剧。至于做了什么，现在已经忘记了。"

喜欢给人惊喜的满寿喜先生是个充满好奇心的人。深藏于心的好奇宛如种子一般萌发、成长，这让他在过去十年中换了不少工作。他常说："能认识许多生活方式不同的人，实在是太有趣了。"直到现在，只要在路上遇到感兴趣的人，无论对方是谁，他都会邀请对方来家中小坐（还很有礼貌地准备好坐垫），一起把酒畅谈。闲来无事，他会提笔在店里的墙壁上作画……这一切展现出了他活泼的性格与旺盛的精力。

那么，哥哥眼中的弟弟佑介又是怎样的人呢？满寿喜先生用双手比画出一道窄窄的细缝："他的视野大概只有这么宽吧，只要开始思考与面包有关的东西，就容不下其他事了。"佑介先生并不标新立异，从他只用北海道原产小麦、水和盐烤出的天然酵母面包中可以感受到他单纯的性情。

正是这种耿直的性情使然，在开业一年后的冬天，佑介先生告诉哥哥："我想从零开始，全面反思自己的面包。"然后他只身前往位于广岛县的天然酵母面包老店，拜师学习了两个月，在这期间面包店暂停营业。"我的目标总是在更高更远的地方召唤着我，永无止境。举例来说，石窑的温度每次都不同，烤出来的面包也不一样。怎样调控石窑的温度，烤出理想的面包呢？我每天都在实验、挑战。"满寿喜先生也十分看重弟弟身上这种不轻易妥协的职人精神。

左／哥哥满寿喜先生。移居洞爷湖畔之前的十年里做过各种工作，上一份工作是国标舞教室助理。　　右／负责面包工坊的弟弟佑介先生。从烹饪学校毕业后曾远赴德国学习厨艺。之后又前往澳洲打工、度假，并接触到了当地的面食文化，由此走上了面包师之路。

艺廊里的作品以"能够从中看出制作者的热情与为人"为标准,是满寿喜先生亲自挑选的。左图是由村里的木雕家创作的克鲁波克鲁(北海道阿依努原住民传说中住在洞穴里的小地精),右图是来自洞爷湖町月浦村的青年玻璃艺术家高臣大介的作品。

融合迥异个性的空间

　　一个自由乐观,一个坚定倔强,在面包店 RAMUYATO,兄弟俩迥异的个性不可思议地相互融合。满寿喜先生随手搭制的木制展示架上摆放着佑介先生烤的天然酵母面包,两者看起来相得益彰。"对于对方擅长的领域,我们彼此绝不提意见。"两兄弟异口同声地说。两人做的东西完全不同,但彼此的作品却能绝妙地互相映衬,这样的效果不免让人觉得,他们的组合似乎是命中注定的。

　　佑介先生每天很早便开始工作。凌晨 3 点多,他打开工坊的大门,在明亮的灯光下生起石窑里的火,开始揉面。等石窑预热至合适的温度后,他用细长的手指将面团分成小块、整形,进行最后发酵,然后小心地将面包坯逐一送入窜出火舌的长方形炉口中。旭日东升,阳光洒进古旧的工坊,佑介先生颀长的身影在晨曦中忙碌,画面安静而美好。

　　时针指向早晨 6 点,轮到满寿喜先生出场了。他踏着嘎吱作响的木地板,单手拿着一块抹布,开始日常的打扫工作。他首先会花上一两个小时,仔细地清理居住空间。与家人和寄住在二楼的面包店员工共进早餐后,就趴在店铺的木地板上起劲地擦拭。最后再仔细为店里的摆件,以及亲自从各地收购回来的工艺品掸去灰尘,这才算大功告成。

　　满寿喜先生时常笑容满面,只有在打扫时会唇角紧抿,认真而投入。我曾在书中看过这样的话:在清晨打扫,可以净扫心尘。"打扫时我确实会思考很多,比如反省昨天,做好今天的计划,等等。"

　　不知不觉已是上午 9 点。店里一尘不染,新鲜出炉的面包摆放整齐,香气四溢。RAMUYATO 的一天开始了,它大大方方地敞开店门,与兄弟俩一起热情迎接络绎不绝的顾客。

　　两人刚来到这个村子时都有些担心,不知能否真正地融入当地生活,如今已经可

1. 员工平小姐说，平时不苟言笑的佑介先生在面包出炉的瞬间会露出怀抱婴儿似的表情。 2. 最受欢迎的羊角面包。 3. 历经多次失败，用来烤面包的石窑终于赶在开业前完工了。 4. 用北海道原产小麦、羊蹄山的泉水与盐做出的面包。价位偏高，入口有种特别纯净的滋味。 5. 听到哥哥大喊"佑介～"，总在工坊后方忙碌的佑介先生急忙出来，为客人介绍面包。

满寿喜先生一家正与员工平小姐一起享用晚餐。店内和居住空间中的物件不是邻居所赠就是废物再利用。两兄弟的品位相当出色，他们的巧手让旧物焕发新生。

以笑着回看过去了："起初，许多客人从未见过我们店里的一些面包，会趁我们不注意时悄悄用手指戳一下。明明货架上摆满了面包，可还是会有顾客到柜台询问店里卖不卖面包……"

走进现在的RAMUYATO，立刻可以感受到，这间小店已经赢得了当地居民的喜爱。充满魅力的空间、美味多样的面包，还有一对有趣的兄弟——实在没有拒绝的理由啊。穿着随性的邻居不时走进来，买东西时顺便与兄弟俩闲聊，可以看出RAMUYATO已经成为他们日常生活中不可或缺的存在，也能感觉到顾客与店家之间超越生意的温暖情谊。

今天，兄弟两人和往常一样，在这湖畔的古民居中各司其职：哥哥怀着满满的热情擦洗地板，弟弟则努力地烤面包，期待客人满足的表情。

"小镇上如果能多两三家店铺，一定会更加有趣。"满寿喜先生满怀期待地说道。旁边的佑介先生则说："希望能做出更加地道的面包，也想更多地尝试面包与乳酪、蔬菜的搭配。"RAMUYATO以后应该会更有趣。

与小猪做邻居

祝福之风牧场

把亲手养大的动物作为食物，
正视这样的残酷，并由衷地感恩生命。
上泉夫妇选择的，
就是将这些道理铭记在心，认真生活。

　　从紧靠着日本海的濑棚町中心仰望，可以看见一座面朝大海的山丘。由于常年受到海风吹拂，山丘上的树木只向背风的一侧伸展枝叶。潮湿的空气形成乳白色的浓雾，常常瞬间掩盖眼前的风景。这里的人都说，这座山丘是濑棚町的西伯利亚。

　　在这座背靠丘陵的小镇上，有一座形似牛舍的建筑，那里是上泉新先生和畔菜小姐的牧场——祝福之风牧场（Farm Blessed Wind）。他们认为，无论环境多么严酷，都要视作恩惠，勇敢地接受，因此为牧场取名"祝福之风"。

　　这栋建筑由旧时的牛舍改建而成，1/3 的空间供一家人居住，剩下的 2/3 用作猪舍。在客厅时常可以听到猪的低声哼叫，用"人与猪生活在同一屋檐下"来形容，可谓是名副其实。由于附近没有其他合适的房屋，而且他们希望能精心照顾自家的猪，因此选择了这样的生活方式。

　　祝福之风牧场饲养的是肉质优良的巴克夏猪，它们有着白色额头、白色四肢和白色尾巴，其余部分都是黑色的。起初牧场只有两只母猪和一只公猪，后来又新生了小猪，在牧场健康长大。除了直接出售猪肉，牧场还会制作香肠、培根、火腿等肉制品售卖。

左／建筑的右半部是住宅，与左半部的猪舍相通。
右／室内随处可以看见以前牛舍的痕迹。

farm blessed wind
アァームブレッスドウィンド
http://www16.plala.or.jp/b-pig/

　　背井离乡、孤身在外工作了一段时间后，畔菜小姐就开始憧憬这样的生活。那时她刚从乡村搬到都市工作，每天下班去超市购买整洁干净的包装食材，回家后一个人煮饭，一个人默默地吃。"不知为什么，这些饭菜吃起来味同嚼蜡，有种类似无机物的奇怪感觉。"

　　畔菜小姐家从事酪农业，在故乡生活时每天都与动物接触，喝着自家产的牛奶。她渐渐产生了强烈的渴望："我希望能回到过去那种生活。自己饲养动物，亲手宰杀，真正地感受生命的存在，心怀感恩地生活。"

　　说到以饲养的动物为食物来源，吃猪肉与挤牛奶喝还是非常不同的。"第一次把牧场里出生的猪送去屠宰场时，我心里非常难过，毕竟我曾喂养过它一段时间，还为它取了名字。对此，我虽然理智上理解，也明白这正是当初所追求的，可是在把猪推到屠宰场的水泥栅栏里时，心情还是很复杂。"

　　至于新先生对动物的喜爱，似乎也是禀性使然。单身时新先生就非常喜欢动物，家中养了一只大型犬。一人一犬同盖一床被子，经常一起洗澡。"很难想象会有人和动物如此亲密。现在偶尔还会听到猪舍那边传来'啾啾啾'的声音。探头一看，他正捏着猪的脸逗它们玩呢……"畔菜小姐苦笑着说道。

　　既然像疼爱狗一样地疼爱猪，真的能冷静地吃下它们的肉吗？"我只是单纯地喜欢动物，并没有太多顾虑。而且，与其直接把它们送进屠宰场，不如加以照顾，然后再送走它们。"

1. 猪舍的地面不是水泥地，而是发酵床（以木屑、谷壳为垫料，利用微生物发酵而成）。据说有助于减轻猪的压力。
2. 猪群白天可以在广阔的牧场自由漫步，傍晚回到猪舍吃饲料。   3. 畔菜小姐家的菜园有两块田地，除了蔬菜以外，还种了蓝莓等果树。   4. 刚刚发芽的橡子。两人的最终目标是猪饲料也能在家自制。

照顾动物的工作每天从早晨的沟通开始。"先摸摸狗，再摸摸牛……就这样先浪费一段时间～"说完夫妇两人都开心地笑了。

"与动物相处，必须投入时间爱它们、与它们交流，一定要把彼此的关系放在心上。也许很多人并不认同，但我认为，只有投入感情与动物深入相处，才有资格考虑后续的生意，至少我自己坚信这一点。"尽管在现实中难以做到尽如人意，但从新先生的养猪方式与对待动物的态度中，我们确实可以看出他的一片赤诚。

想必在以畜牧为生的人中，还有其他像新先生一样无法简单地把动物视为家畜的人吧。在新先生看来，牧场中的每一只猪都是独立的个体，他一直努力地投入感情（尽管可能是单方面地）与之相处，建立起彼此的联系。畔菜小姐说："猪是家畜吗？我们与猪之间更近似于一种共生的关系。"

除了猪以外，上泉家还养了一头名叫由理绘的荷兰奶牛，它是畔菜小姐的娘家在牧场开业时送的礼物。由理绘的奶可以制成酸奶，作为小猪的离乳食。对牧场来说，

精心饲育，食用时心怀感恩，

充分利用它们的价值，这比其他一切都重要。

1.把肉块放入绞肉机中。操作时必须保持低温，讲求速度。　2.畔菜小姐正在给绞好的猪肉称重。新先生则负责把肉放入绞肉机中。　3.为了排出肉馅中的空气，要先用机器拍打，再将其灌入肠衣中。　4.两人在町里的加工所对肉品进行熏制和灌装。

上／猪舍一隅现在是奶牛由理绘的家。
中／每天早上都要给由理绘挤奶。
下／立刻将挤出的牛奶倒进锅中。左边是奥格特小姐，这段时间刚好在此暂住。上泉家是WWOOF（世界有机农场协会）的会员。

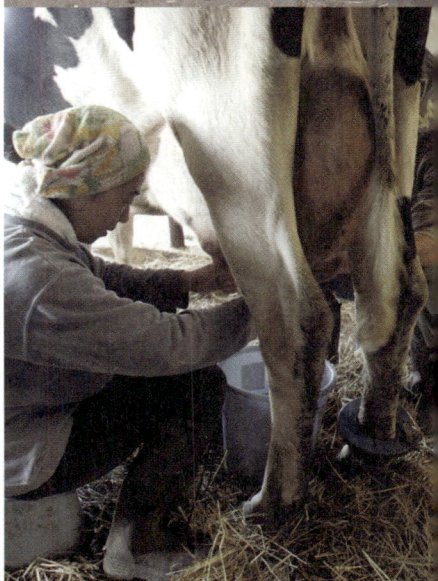

由理绘是不可或缺的。

　　最近，新先生对由理绘的态度似乎有了新的变化，他们今年开始用由理绘的奶制作自家食用的乳酪、黄油、牛奶抹酱和鲜奶油了。"牛奶直接进入自己的口中，我看由理绘的眼光就渐渐改变了——也许有些不可思议，我开始尊敬由理绘，也不好意思训斥它了。"

　　过去，由理绘的奶用来喂养小猪，自己则食用这些猪肉。如此一来，只是间接地食用牛奶，并没有深切的感受。虽然偶尔也会想到这一点，但内心的感觉并未真正同步。以动物为食物来源，如果彼此之间隔着其他动物、其他食品加工者，多出两个、三个甚至更多的环节，想必很难对动物产生感恩之心。"仔细想想就会明白，尽管经过了许多步骤，动物还是成了自己的食物。但现代人普遍缺乏敏锐的感受力，也就是说，理性和感性无法完全同步。"

　　至于我们先前的问题——动物对他而言到底是怎样的存在，新先生难以用理性的语言表达出内心真正的感觉，无法告诉我们他的答案。

　　与猪一起生活，让它们健康成长、繁衍后代，后续对猪肉的加工、烹调也全都自己动手。在这个过程中，没有其他多余的环节。新先生和畊菜小姐主动选择了与动物紧密相系的生活，始终保持着一颗感恩之心。

左边的扶手椅是 2007 年获得外观
设计专利的作品「Bridge Chair」。
它追求如弯桥一般实现美感与危
险感的巧妙平衡，看起来紧绷，
坐上去却意外地舒适。

将自由融入家具设计

枫舍的木工职人

～本山义光～

一个人是否拥有天赋，一眼便能看出——
我相信这句话，前去拜访枫舍的本山义光先生。
他朴实开朗、不拘小节，
言谈间可以发现他学识惊人。

不过，他为什么要住在如此荒僻的地方？
为什么会做出这样的人生选择？
回顾本山义光先生曲折的半生，
我想起一句话：崎岖之路多奇花。
这正是本山义光先生的真实写照。

远处黄色墙壁的房屋就是住了 20 年的主屋，近处的大房子是利用废弃木材建成的 OTONARI. 孩子们在此读书、练习钢琴。

上／本山先生一边听收音机一边给为顾客量身定制、特别加宽的扶手椅拉上藤绳。　下／真弓太太正在热咖喱。房屋的窗户用的是旧的木窗框。

　　拓成町位于广阔的十胜平原与巍峨的日高山脉之间，虽然在行政区划上属于带广市，却是与都市生活绝缘的郊外。天气晴朗时，让人觉得闲静舒适，但眼前巍然耸立的群山、奔流不息的河川无时不在提醒人们，对自然要常怀敬畏之心。

　　车行驶在柏油路面上，路旁隐约可见零星住宅，当前方转成砂石路后，远处就只剩下一片苍茫的大地。家具定制工坊"枫舍"就隐藏在这片风景之中。女儿们长大离家后，本山义光先生和妻子真弓太太便搬到了这里。

　　"本想在隔壁房子建成之前先在这里暂住，没想到一转眼就住了将近 20 年。"两人说完都笑了。眼前这座木质结构的灰泥房屋散发着古旧的气息，原本是屋主弃业离乡后的空宅，当时已经残破不堪，大家都认为撑不过两年便会倒塌。本山夫妇住进来之后，这座房子却像是复活了一般，当地人也很惊讶，它竟然能支撑至今。这座老房子旁边有一间完好的大房子（似乎原本打算建成后作为主屋），让人难以相信的是，它是利用废弃木材自建的，大家称它为"OTONARI"，它的后方是家具工坊。

　　取名"OTONARI"并不是因为它位于老房子的隔壁，而是因为屋里的一架别人赠送的旧钢琴能奏出乐音［在日语中，"隔壁"（お隣）和"发出声音"（音鸣り）发音皆为"OTONARI"］。本山夫妇非常开朗，也很有幽默感，他们兴奋地谈起住在这里的各种生活智慧，炫耀捡来的"好东西"……看来无论环境如何，他们都能从中找到生活的乐趣。

　　本山先生出生于北海道江别市，原本与十胜地区没有什么特别的缘分，在定居此地之前，他经历了一段曲折的人生。本山先生并非一开始就想从事创作。在学生时代，他陷入了探索人生的激流之中，一直拼命挣扎，最后筋疲力尽，漂流至此。之前的经历让本山先生习惯于逼迫自己去面对一般人视而不见，或者根本没有察觉的"事实"，这种特质也反映在了家具制作上——他会关注各种微小细节以及客人难以看到的地方，仔细思考，尽可能做到完美。他对自己的作品要求极高，与其说是不愿妥协，不

窗边随意地摆放着本山先生的自画像。旁边是家具成品的模型。

如说是他的本性使然。换句话说，他即使愿意妥协，也无法违心地忽视问题的存在。

年轻时本山先生在横滨的大学学习英语，当时正处于学生运动①后期。眼见社会在维持旧制度和争取自由之间不断撕扯，他渐渐地对社会的存在本身产生了怀疑，于是选择了休学，独自背着行囊去了美洲。在旅途中，他过去深信不疑、认为做人就要出人头地的想法彻底瓦解。其中对他影响最大的是在墨西哥邻国伯利兹受到的冲击。

"开始旅行的前半年，我原有的价值观就被完全颠覆了。过去，黑人在我的印象中大概只能简单地归类为土著居民，到了伯利兹我才发现，原来他们的肤色深浅各异，其中也有俊男美女——在此之前，我却从未想过！这让我大为惊讶。"面对不同的人种，起初觉得他们的长相非常相似，等到眼睛慢慢习惯了，才逐渐分辨出个体之间的差异，本山先生是为这一点感到惊讶吗？

①第二次世界大战后，日本学生团体开展了争取大学民主、反美国扶植政策等运动。20世纪70年代后运动走向低潮，社会价值观趋向多元化。

咖啡厅"千之风"位于上带广町一片田地的正中，它是由原本用来存放农用机具的"D"字形仓库改建而成的。本山先生从动工便参与改建，因此结下了缘分。后来店长泽田清美小姐又向本山先生购买了店内的椅子。这张摇椅曲线既长且美，触感温润，坐起来也很舒适。

"不是的。简单地说，令我惊讶的是自己从来不知道这个事实。我竟然在不了解这些人的前提下擅自将他们归类，这实在太愚蠢了……与此相对，看美国电影时，我以为白人都很漂亮，可实际上白人中也有相貌丑陋的或身材矮小的。仔细想想，这些都是理所当然的事实，可我直到亲眼看见才第一次意识到。如果明知自己的观念是错误的，却还一味地坚持，就会产生偏见，甚至可能错使偏见成为个人的核心价值观。"

本山先生所受的冲击不止于此。"到了中美洲，我发现这里的人冬天也会在户外游泳。他们没有太多的奢求和多余的担心，生活平静，这也让我很意外。因为在我们的生活中，大家似乎一直都在为过冬做准备，比如我最近正在砍柴……而这些东西他们完全不需要。发达国家的价值观念对他们来说并不适用。发达国家的人常常想当然地认为某些国家的人生性懒惰、不爱工作，其实这不过是在强化自己的价值观基础。通过这趟旅行，我明白了这种观点的成因，回到日本之后我开始想，大家都还年轻，何必如此辛苦呢！无须多虑，顺其自然即可。所以啊，现在就尝到苦果了（笑）。"

位于清水町"十胜千年之森"景点内的咖啡厅"如月"，店内有一张长达 3.6 米、用有 400 年树龄的水砾木整板打造的巨大木桌，也出自本山先生之手。本山先生经常来确认桌脚是否有歪斜等状况。

　　一旦价值观从根本上瓦解，原本的人生动力很快就消失了。一些同龄人抛开了学生时期曾为之狂热的思想主张，走上了通往所谓"成功"的社会阶梯。本山先生却无法顺利地完成转换——如果生存要以忽视内心的声音为代价，那现实也未免太过黯淡。毕业后他换过许多工作，后来在横滨市的一家家具定制工厂工作时，他发现了自己的兴趣，把入读北欧的工艺学校作为努力的目标。旅居加拿大期间，本山先生与真弓太太结了婚。可是，读书的心愿尚未完成，他收到了母亲过世的消息，无奈之下失意地回到了北海道，在札幌和岩见泽等地打工度日。这时真弓太太怀孕了，本山先生急需一份值得自己终身投入，同时又能维系生活的工作。就在这时，朋友邀请他担任补习班的英语老师，于是他带着太太来到了带广。那一年本山先生 28 岁。

　　好不容易建立起家庭，有了稳定的收入，可沉睡在本山先生内心深处、对于都市生活的质疑却像一颗种子开始萌芽破土，挡在了生活的路上，他不得不正视并作出选

家具工坊　枫舍
woodworking　枫舍
带广市拓成町 17
TEL.0155-60-2065
http://www.fuusha.com/

择。"我希望基本的生活可以摆脱他人的掌控和影响。例如，生活中有电使用固然方便，可一旦突发意外，供电中断，岂不就束手无策了？我非常渴望减少这种自己无法掌控的部分。不过话虽如此，我现在还做不到。"对早已看透社会空虚本质的本山先生而言，也许只有靠自己亲手找回生活的本质，才能重建精神自由的最后堡垒吧。两年后，他辞去补习班的工作，从市区搬到了拓成，这里地处偏僻，条件艰苦，必须重拾前人的生存技能才能生活下去。刚搬来时，家里没有电、没有瓦斯、没有自来水，连水井也干枯了。抱着幼小的孩子到河边汲水，在烛光中度过夜晚……这样的生活大概持续了两个多月。

　　来到拓成之后，本山先生在当地人的介绍下开始从事造林工作。起初只是为了维持生计，植树造林可是一项高强度的体力劳动，但后来他发现，这份工作对于想要从事家具设计和制作的自己来说，实在是难得的经验："托这份工作的福，我得以有机会了解各种木材。在山里伐树，内心常常会受到触动——一棵树远远看上去觉得也不是很高大，走近一看才发现其实粗壮无比，这时我们一定会用酒、菜、米和盐祭拜山神。工作中无论是理性的部分，还是感性的部分，都让我觉得很棒，我在山上一共工作了3年。"这份工作结束后不久，本山先生也从当地的职业学校毕业，正式成为一名家具职人。

　　如今，本山先生已经有了许多客户，他们对他充满信任，想必是因为感觉到眼前这位木工师傅不会说谎吧——不会对他人说谎，更重要的是不会对自己说谎。因为无法欺骗自己的内心而不断挣扎，本山先生的人生之路或许远比常人迂回，可唯有长途跋涉，才能在旅途中看到更多绚丽绽放的花朵。在他身上，我们真切地感受到了纯真而坚韧的人格魅力。

雪原樵夫能否跨越社会的隔阂

有一个故事讲了一位孤独的勇者，
他单手挥舞斧头，对战大到一眼看不见尾巴的巨蟒。
以链锯代替斧头，把地点换成北海道的黑松内町——
金泽先生面对的巨蟒，是世人的常识与社会的隔阂。
这条巨蟒身后的尾巴，远比显露出来的部分长得多。

采访、文字／名嘉真咲莱　摄影／高原淳　设计／高山和行

黑松内町的西热郭原野一望无际。在和缓起伏的雪原上，坐落着一座小小农舍，旁边还有个牛棚。棚舍后方不时传来锯木材的声音，打破了雪原的宁静。木屑散落到雪地上，雪渐渐变成了茶色。

正在用链锯锯木材的是金泽俊哉先生，他就住在这间废弃的农舍中，门前挂着一块招牌，上面写着"樵夫之家"。从事了4年的林业工作后，从2006年起他开始经营木柴生意，至今仍以见习樵夫自称。

金泽先生的工作内容就是购买从山中运出的原木，把它们锯成特定的尺寸，烘干后卖出去（具体的尺寸、是否烘干可根据客户的需求调整）。

有些建筑从业者或农民也兼职卖柴，但极少有人以卖柴为主业。金泽先生选择这条路，是因为在他看来这大概就是通往自己心中理想的路径。

"我能在这儿工作、生活，实在是一件幸运的事。"金泽先生之所以做出这样的选择，还要追溯到几年前的一次旅行。

大学毕业后金泽先生成了一名公务员，后来他离职独自骑着电动车在亚洲多个国家旅行了十个月。这次旅行让他思考了很多。生活在某个动乱的国家，被卷入犯罪事件，不幸坠机罹难；出生于某个落后的国家，生活贫困……生活在安全富裕国家的人或许很难想象这些不幸。金泽先生认为，自己能过上如今的生活，除了上天的眷顾别无理由。"所以我会好好珍惜，希望能在临终回首之时觉得此生快乐无憾。尽情去做自己想做的事，只要不给别人添麻烦即可。"金泽先生也一直如此践行着。这些道理从他口中说出，格外有分量。

在印度和泰国旅行时，金泽先生深切地认识到了什么是"贫困""干旱"。经济落后，河流干涸，土地贫瘠……这一切对他产生了巨大冲击，扭转了他日后的人生方向。"我希望能帮助那里的人改善生活，但我既没有显赫的身份又没有实在的技术，于是我决定先考虑干旱问题。植树造林应该可以缓解干旱，这比改善民生更为基础。"当时的他认为，植树可以抑制土地沙漠化，或许可以促进农业发展，从而缩小贫富差距。

金泽先生之所以定居黑松内町，是因为找到了这座房舍——空间宽敞，足以存放木柴；周围空旷，不必担心链锯的噪音搅扰邻居。

正在用劈柴机劈柴的金泽先生来自八云町，37岁。

回到故乡北海道之后，金泽先生选择了去林场工作，一是为了学习技术，二是想确认一下自己的体力能否承受这样的工作。他在山里帮忙刈草除蔓、修枝剪叶、种植苗木、疏伐砍树……一晃就过了4年。

在和寒町工作了3年、在兰越町工作了1年，金泽先生逐渐认识到，日本也有自身的问题。作为雇员的确能学到技术和知识，可对于一些问题的根源却无力改变，只能局限在既有的制度框架中，如同被漩涡裹挟着转动。

金泽先生在工作中发现，日本的林业与农业一样，必须依靠国家补助才能维持，面临着严峻的发展形势。

通常，山林所有人会委托林业工人负责从植树到采伐的各项工作，近年来，随着木材价格大幅度下跌，负担各种费用的山林所有人开始入不敷出。这时，如果按照国家政策植树造林，比如栽培特定的树种，就有机会获得国家的补助金，金额最高可覆盖90%的成本。"但这样一来，植树造林就不再是真正为了山林的可持续经营，而是为了政策补贴。而且，补助金很难真正落实到育林工作上。"

金泽先生还注意到一个问题，许多木材会被白白浪费。即使按照一定的间距植树，还是会长出各种杂木，需要及时疏伐，这也是林业工作中十分重要的一项。然而，疏伐所得的木材往往直接被丢弃在山林里，并没有送入后续的加工厂。对山林所有人而言，砍伐本身已经是一笔开销了，没有多余的预算雇人清理这些杂木。"既然如此，我的目标就是为这些被丢弃的木材找到新的可用价值。如此一来，山林所有人多少也能增加点收入。日积月累，也许能进一步接近无须依靠补助就能维持经营的理想状态。"方法找到了，实现理想只有一条路。"只能自己创业。如果像其他从业者一样大规模经营，就需要用推土机、挖土机等大型机械把木材从山里运出。"一个人经营则

左／用推土机把在户外锯断的原木搬进牛舍内。　　右／金泽先生自己搭建的货架上堆满了等待烘干的木柴。

无需太多设备，初期投资也少。他乐观地想，随着火炉使用者慢慢增多，对木柴的需求也会逐渐增加。

2006 年开业的樵夫之家主要通过网络渠道售卖产品，主要有锯成一定长度的圆木、未烘干的木柴和干木柴 3 种，树种包括面包树、白桦、榆树、栎树等阔叶树。一般来说，耐烧的栎木更受欢迎，但金泽先生有意丰富木材品种，而非专营单一树种。"没有树种差异是我的基本原则。类似'买木柴，选栎木'这种片面化的信息只会导致顾客对栎木的单一需求，造成供需失衡。生长在山间的树木本就不是为了方便人类使用而存在的，我会根据当前现有的树种提供木柴。"

目前，金泽先生的客户主要是城市居民，其中不少人纯粹出于兴趣而选用木柴，这与以前只有木柴可用不同。木柴的用途不仅限于室内取暖，用柴火炉似乎正在形成一股新的风潮。金泽先生认为，这些拥有全新价值观的用户也会带来更多的可能性。"在交流过程中，我可以通过介绍商品，让客人从木柴开始慢慢了解日本林业的整体现状与存在的问题。"

金泽先生向我们描述了他心中的林业发展蓝图："希望林业成为一项独立、可持续发展的产业，即使没有补助金，山林所有人也不会亏损。当然，这只是理想状况，但也并非不可能实现。比如，改善山里的环境，采收野菜，那么在培育树木的过程中也能增收。"

新雪谷町的一位林地主人非常认同金泽先生的想法，去年便委托他为林地除草剪枝，费用按照惯例由林地主人支付。还未开始培育树林，除去蔓生的矮竹后已经可以采收林间生长的菌类了。相信只要用心管理，山林一定会给人们更多的回馈。

左／今天的午餐是金泽先生自制的烟熏鲑鱼与章鱼、熏鸡蛋和腌萝卜，相当美味。　右／炉边正烤着香蕉和蜜柑。烤蜜柑是本州某地的常见吃法，金泽先生告诉我们这是客人所教。

自制的烟熏箱。利用火炉的热量加热木屑，烟经由烟囱排到户外。

樵夫之家（店主：实习樵夫 金泽俊哉先生）
きこり屋
黑松内町字西热郢原野 245-4
TEL.0136-72-3763
http://www.geocities.jp/kikoriya_nishineppu/
※ 木柴的种类和价格详情请参考网站。

　　买方付出与服务价值相当的金额，卖方则通过提供服务获取收入——人们理应可以在这样的交易链中平等互利，但其中总有些人想更轻松地赚更多的钱，导致这种平衡开始瓦解。大问题往往源于小失误，就像毛衣上的大洞起初只是一处小小的破损，金泽先生的工作就是在踏踏实实、一针一线地把它缝合起来。

　　樵夫之家从去年开始新增了山毛榉木柴。黑松内町是日本山毛榉的最北生长地，因此金泽先生特意推荐了这一树种。"其中也包含了振兴地方的愿望。每立方米山毛榉木柴的价格比其他木柴高 3000 日元，多出的盈利就捐给当地的造林计划，让山毛榉可以用自己赚来的钱养育后代树苗。这算是一种新的经营策略吧。"没想到山毛榉木柴一年内卖出了 10 立方米，相当于给造林计划捐款 3 万日元。

　　遗憾的是，顾客似乎并不是特意选择山毛榉，而是因为其他木柴都已售罄，不得已才下了单。这让金泽先生有些沮丧，但他相信，每一次尝试都有助于经验的积累，有助于找到新的可行方法。

　　"只要坚持这样的生活方式，不断向外传递这种理念，一定能慢慢感化周围的人。看到有人实际这么做，感觉会很不一样吧？我希望自己可以成为这样的先行者。"金泽先生继续说道："做别人不去做的事，其实很有趣。我希望临终时能觉得这一生过得很快乐。"

　　今天，金泽先生应该也是一个人在西热郢原野锯木材吧。他看着脚边的原木，耳中回旋着锯木的声音，内心却在自由飞翔。或许飞越了常识、飞越了海洋，最后也可以飞越人与人之间的心灵隔阂。

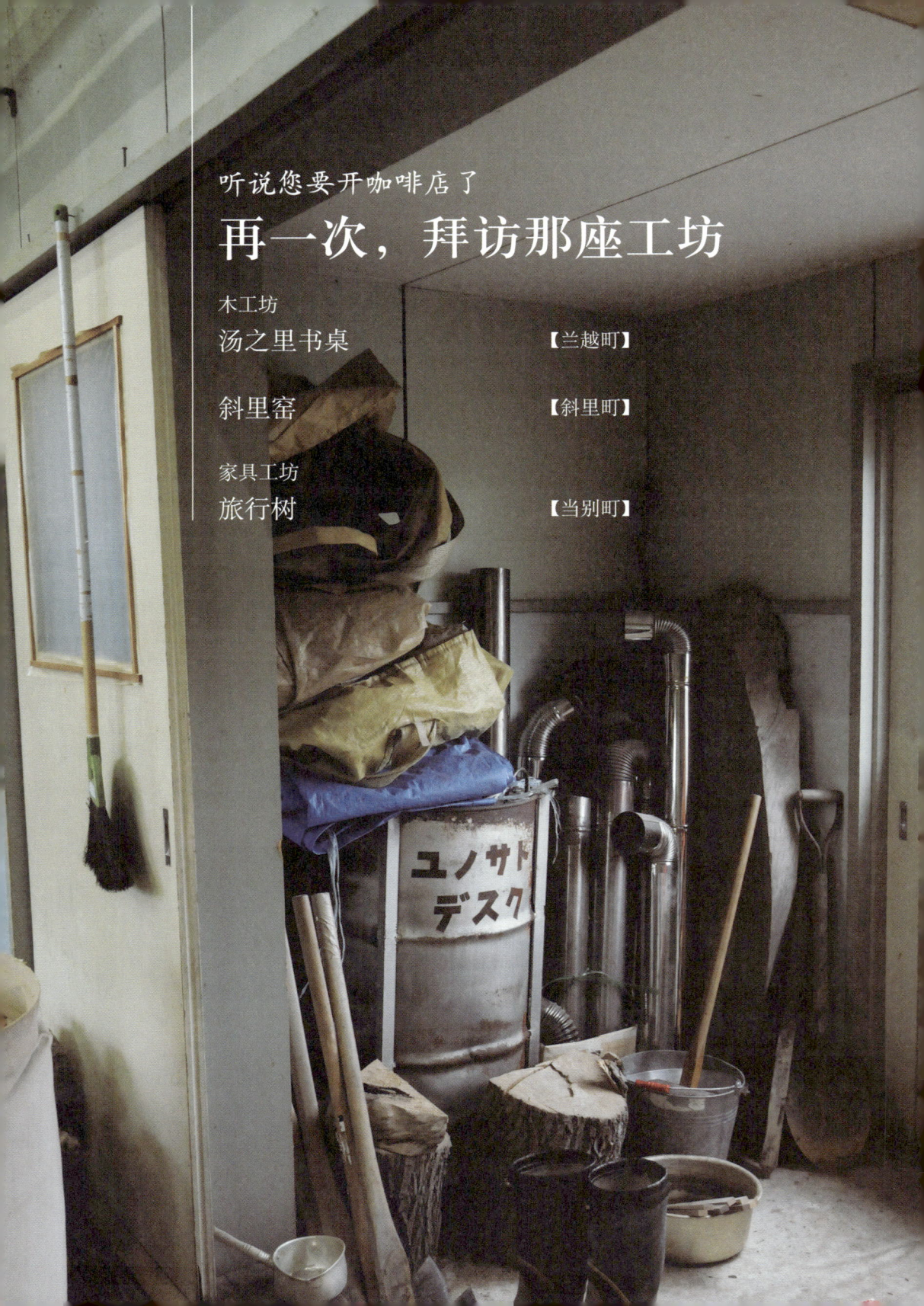

听说您要开咖啡店了

再一次，拜访那座工坊

木工坊
汤之里书桌 　　　　　　　　　　【兰越町】

斜里窑 　　　　　　　　　　　　【斜里町】

家具工坊
旅行树 　　　　　　　　　　　　【当别町】

还记得这张出现在《我想住在北海道》一书中的照片吗？带着"那个汽油桶还在吗"的疑问寻找了一番后，我们在一个角落里发现了它。转眼已经过了5年，汽油桶也烙上了时光的痕迹。

CHAPTER 6 早期移居者的故事再续

"汤之里书桌"木工坊位于兰越町，开设在一所废弃学校内。右边两位是田代信太郎先生和佐佐木武先生。左边两位是工坊新成员大岩和美小姐和清水金弥先生。他们正站在雨后的校舍前。

木工坊 汤之里书桌

被作品吸引而来的年轻人

听说两位男性创立的木工坊又来了一位男生，

我正想着要不带束花去拜访他们……

又听说终于来了一位女生，

还开了一间时尚的咖啡店！

我再也按捺不住了，无论如何也要去见识一下。

满怀好奇，我再次来到了这所位于兰越的废弃校舍。

采访、文字／名嘉真咲菜　摄影／村上真美、高原淳（旧照）　设计／高山和行

左／清水先生和大岩小姐是从高中开始交往的一对恋人。清水先生在大学时专攻家具设计。两人都怀着开一家咖啡店的梦想，在 yuno 咖啡店举办演唱会、戏剧活动等，尝试着各种新鲜的事。　　右／巧克力蛋糕（500 日元）和咖啡（500 日元）。咖啡有 3 款可供选择，其中"枫"是 yuno 咖啡店的原创混合型咖啡，它酸甜适度，风味绝佳，非常受欢迎。咖啡托盘是清水先生的大作。

　　我们听说有新成员加入了"汤之里书桌"木工坊，详细打听了一番之后，发现原来这对我们编辑部而言也是一件非常令人高兴的事——据说，我们的杂志正是新成员加入的契机。

　　新加入的是清水金弥先生，在他大学 4 年级的那个春天，函馆市一家咖啡店的老板递给他一本杂志——《northern style SLOW》第 4 期（2005 年 7 月发行）。"你看，这座木工坊在兰越町，应该就在你回家的路上吧。"翻开的书页上介绍的正是汤之里书桌木工坊。清水先生一直希望从事与家具设计相关的工作，看过这篇文章后，他直奔兰越町而去。

　　通过这次拜访，我得知清水先生已在这里迎来了第三个夏天，去年他还带来了同伴大岩和美小姐，这不禁让我深深地感慨：人生真是无巧不成书啊。正因为我们间接的推动才促成了这样的变化，一种使命感油然而生。我想，无论是对于清水先生和大岩小姐，还是对于汤之里书桌木工坊的创始人田代先生和佐佐木先生，这都是一次恰逢其时的"邂逅"。尤其对两位新人而言，我们的杂志相当于他们的引线人。

　　屈指一算，距离我们上一次采访汤之里书桌木工坊已经过去 5 年了，木工坊成立也快 8 年了。木工坊对于"书房用具"这一产品定位从未改变。不仅如此，从设计、制作到销售、运营的整个流程始终由田代先生和佐佐木先生亲力亲为，这样的态度也从未改变。

　　在清水先生到来以前，他们也曾烦恼过，因为生产供不应求。对于源源不断的订单虽然心怀感恩，但订单量渐渐超出了两人的生产能力。正当他们实在力不能及、打

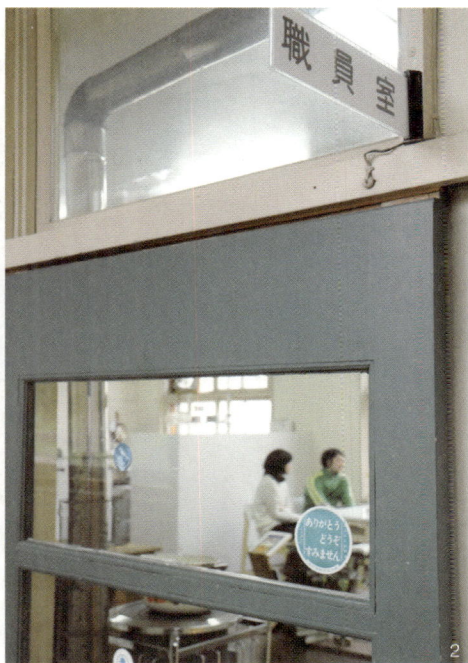

1、2.原办公室改建成了咖啡店，隔壁改成了作品展览室。走廊将工坊和体育馆连在一起。　3.汤之里的经典作品《书之框》。　4、5.氛围时尚的咖啡店提供轻食和饮料，照片中的是 BLT 三明治（850 日元），白色的桌椅是由清水先生制作的。

左／工坊内景至今没什么变化，倒是田代先生新剪的板寸发型很有趣。　　中／曾经有些煞风景的走廊。
右／现在改建成咖啡店的办公室，5 年前是展览室。

算外包一部分业务时，清水先生来了。

"很少见到男孩独自来这里呢。""那天黄昏时，他晃晃悠悠地拖着疲惫的脚步走了进来。"田代先生和佐佐木先生相当直爽，通过三言两语的沟通就明白了男孩的来访目的——他想在这里工作。在忙得不可开交之时，突然有人请求"请让我在这里实习"，两人完全没有理由拒绝。而且，清水先生语调沉稳，为人谦和，在我看来，双方初次见面时，想必已经觉得彼此非常投缘了。

随后，年轻的挑战者经过两周实习成功转正。走访了多家工坊，清水先生最终为什么会选择汤之里书桌呢？

"靠自己的努力把作品卖出去，他们将这样一个理所当然的产品作业流程做得非常认真，而且能够完美地完成，这让我深受感动。"木工坊营业至今，这样的经营理念从未动摇。清水先生正是对此"一见钟情"。

清水先生还对我"坦白"了他对田代先生和佐佐木先生的第一印象。和其他许多木工坊不同，这里的气氛非常友好，两位先生开朗坦率，这一点吸引了他。原来如此，对此我也深有同感。

提起家具工坊，印象中总是浮现出工匠们紧锁眉头对着木料加工的画面，以及他们对突然造访的客人爱搭不理的态度（如果来客是年轻的女孩子，态度还好，要是呆头呆脑的小伙子，那可就……）。而在这里，如果有客人到展览室参观，店员就会腾

木工坊　汤之里书桌
木工房　湯ノ里デスク
兰越町字汤里 131
TEL.0136-58-2330
展览室
营业时间／9：00 ～ 18：00
※ 冬季（12 ～ 3 月）前来，请事先联络。
http://www.yunosato-desk.com/

yunocafe
ユノカフェ
兰越町字汤里 131 木工坊汤之里书桌内
营业时间／10：00 ～ 18：00
休息日／星期二、星期三
※11 ～ 3 月休业
http://yunocafe.exblog.jp/

出手来，认真详细地为客人介绍产品（我们采访时，工坊正处于开展前最忙碌的时期，但他们还是会主动周到地招呼客人）。

2009 年 7 月，yuno 咖啡店在展览室旁边开业了，入口就在木工坊的走廊里，但它其实是独立于汤之里书桌木工坊的，这里是清水先生和大岩小姐实现另一个梦想的地方。提出开咖啡店的是清水先生，汤之里书桌木工坊也希望客人能有一个休息放松的地方，所以这也是一举两得的美事。

如今，咖啡店已经有了许多常客，出入木工坊的人也越来越多。汤之里书桌木工坊在面临新的机遇的同时，继续坚守着它一贯的经营理念，相信它会迎来更好的发展，我期待着它 5 年后的样子。

左／2009 年的作品《摇篮》。一放入小物件，就会来回摇动。作品的名字很有童趣。　中／"book café"是汤之里书桌设计的最符合理想的书架，为了能让两人坐在一起，桌子做成了圆形。"小情侣恩恩爱爱的多好！女生把书放在第一层，男生放在第二层。"设计者田代先生笑着说。　右／展览室可以自由参观，希望来客能像从前的清水先生一样，通过作品和空间气氛感受汤之里书桌想要传达的东西。

旅行树的须田修司先生和笃子女士。

家具工坊 旅行树
梦想的蓝图正逐步实现

从洋葱仓库到废弃学校，
与几年前相比，
家具设计师须田先生变得更有活力了。
他活跃在新的舞台上，
想必正筹划着惊人的大动作。

采访、撰稿／名嘉真咲菜　摄影／村上真美　设计／高山知行

"有故事的吧台做好了，木材用的是学校里那棵具有纪念意义的榆树。它在一次雷雨中倒下了，如今重生为家具，作为咖啡店的吧台有了新的价值。"

这是今年 4 月须田先生发给我的邮件。之前就听说他打算将家具工坊"旅行树"搬到一所废弃的学校，然后再开一家咖啡店，没想到还把之前守护着校舍的榆树做成了家具，简直是意外之喜。"那个吧台我要好好抚摸把玩一番！"我很快就回复了他。

之所以这样回复，是因为一个小插曲，2008 年的秋天，我第一次拜访了须田先生的工坊，当时我就坐在须田先生打造的扶手椅上，一直无意识地来回抚摸扶手。椅子的扶手好像特意做成了让人想去抚摸的造型，我落入了制作者设计的小圈套中。直到被提醒时，我才意识到这一点。"您似乎对我的作品爱不释手啊，我感到非常荣幸。"须田先生在桌子对面笑得像个淘气的孩子，他那时的神情我至今难忘。坦白地说，我是因为中了须田先生的圈套而耿耿于怀（笑），所以这次我先声明了要摸个够，然后再去拜访。

上／由教室改造成的展览室。左侧的扶手椅是须田先生的新作，作为结婚 10 周年纪念的礼物送给了妻子。
下／须田先生的工作室。建成 50 年的体育馆气氛非常好，时常有小鸟飞入，自然界的声音构成了背景音乐。

家具工坊　旅行树
家具工房　旅する木
当别町东里 2796-1　旧东里小学
TEL.0133-25-5555
http://tabisuruki.com/
※ 参观画廊请事先联络，以便确认能否参观。

咖啡店是 4 月 29 日开业的，22 日我收到了须田先生的一封邮件："其、其实，有些家具还没做好……我正在拼命赶工呢。"另外，咖啡店用的筷子是在开业当天早上才做好的。

须田先生可能是熬夜准备考试的那种人。

之所以需要赶工，与其说是因为动工晚（当然也有这方面的原因），不如说因为须田先生是个完美主义者。他在家具制作中追求"让人惊艳的亮点"，无论做什么都不会简单了事。即使是一个基本款的长方形筷托，他也会在边角加些点缀。"任何一个细节他都不会放过。盂兰盆节①前他接了一个订单，订做祭祀用的餐具，客户说只要能把蛋糕和饮料放在上面就行了，可他还是要反复琢磨。"妻子笃子女士在一旁苦笑着说。

就这样一丝不苟地赶工，须田先生终于在 2008 年如期把刚废弃的东里小学的办公室改建成了咖啡店"微风与旋风"（体育馆改建成了家具工坊）。当时，满载着地区回忆的校舍被当地团体承租了下来，须田先生租用了其中的房间。从他与东里小学相遇到决定将工坊搬迁到这里，在这个过程中也有令人感动的故事，留待合适的机会再慢慢讲述吧。

实际上，从四年前开始，须田先生的心中就一直有这样一个构想——在废弃的学校中开办木工坊。不能只是单纯地做家具，和家具作品一样，工坊也要有让人觉得有意思的地方。他希望开一家"可以让一家人在周末一起来玩的家具工坊"，有工作间，有展览厅，还要开一间咖啡店。另外，还要有一个进行"木育"（一种新型教育理念，旨在通过儿童喜爱的形式，让儿童学习利用木材，了解木材的意义及其与森林的关系）的空间，这也是旅行树家具工坊重点打造的领域。思来想去，要满足以上所有的需求，学校是最合适的地方。

---

①每年农历七月十五日为盂兰盆节，也称中元节。日本会放假一周左右，离家在外的人会回到家乡与家人团聚，一起扫墓，祭奉祖先。

1.用榆树做成的吧台。　　2.充满怀旧感的招牌，表示日期的数字每天都会更新。　　3.旅行树手工艺品代表作——乳牙盒。从中可以看出须田先生细腻的手艺。　　4.以前由洋葱仓库改建成的工坊。

咖啡工坊　微风和旋风
カフェ工房　そよ風とつむじ風
TEL.0133-27-7001
营业时间／星期五至星期日 10：30 ～ 16：30
※ 偶有临时休业，请事先通过网站等确认。

　　或许是因为看到了两人梦想成真后的开心笑容，我觉得旅行树家具工坊现在的建址比过去札幌市内的洋葱仓库要好得多。建在校舍里，须田先生可以尽情发挥有趣的创意。工坊可以让人近距离了解树木一步步变成家具的过程，和"旅行树"这个名字相得益彰（做成吧台的榆树残株还留在体育馆后面）。

　　这一次我可是把榆木吧台玩赏了个够，还有桌子、椅子，我都反复抚摸了。手感最舒适的应该是厨房的流理台和托盘吧，当然，它们作为生活用具也非常实用，这也是很重要的一点。可以说，整个厨房就是一件在设计和功能上都追求极致的作品。下次拜访时，我一定要再好好摸摸那张樱花木流理台。

左／咖啡工坊中央放着一张豆粒形的桌子。隔壁房间有许多木制的玩具，孩子们非常喜欢。　　中／米粉胡萝卜蛋糕（600 日元）和不含咖啡因的谷物咖啡（400 日元）。　　右／厨房设计满足了妻子各种"任性"的要求。

在采用北海道本地陶土制陶的窑中，斜里窑是地处最靠东北部的一家。右起依次是中村二夫先生与妻子和子女士，中村家的长子信先生和妻子亚纪子女士，最左侧的是斜里窑的陶匠、刚就任咖啡店老板的次子良太先生。信先生的儿子中村大刚上幼儿园。一家六口过着幸福和睦的生活。

斜里窑
扎根于陶土的后续故事

男子独自旅行，
最后扎根于边疆，坚强地生活，
这样的勇者故事不必多说。
不过透过一家人之后欢乐、兴旺的生活，
我们可以更加深入地了解他的魅力。

采访、文字／和田玖实子　摄影／村上真美、高原淳（旧照）　设计／高山和行

　　听闻斜里窑的中村先生打算开一家咖啡店，我简直不敢相信自己的耳朵，差点脱口大喊"不会吧"（笑）。大概 3 年前，我曾采访过他，请他谈谈对于北海道本地陶土的看法。此后，我也一直关注着他，直接或间接地感受到他的活跃。"听说他用北海道的土重建了登窑""据说他打算邀请用北海道当地陶土制陶的陶艺家，组织一次聚会，正在制订各种各样的计划"……不愧是中村先生，身处北海道最东部，还能不断地让大家感受到制陶业的动向。不过，中村先生打算开咖啡店这个消息和以前的话题给人的感觉截然不同。对此我的反应不再是"是吗""这样啊……"，而是"为什么？！"那位头上围着手巾的陶艺师——中村二夫先生，我现在还无法将他和咖啡店自然地联系在一起。

　　斜里窑的咖啡店 kohikiya，建在位于峰浜的自家宅基地上，是由以前的陶艺工作室改建而成的。过去落满了灰尘的地板、墙面和窗户，如今都被打扫得干干净净，变成了一个干净整洁的空间。靠墙壁的一侧原来摆满了陶坯，现在已经变成了厨房的操作台；曾经用来收纳制陶转台的地下储物空间，则被用来安放客人座席前的暖脚炉。

　　3 年前进行采访时，我们也曾在这里拍过一些照片，不过因为不够清晰，并未刊

长媳、中村大的妈妈亚纪子负责做甜点。咖啡店开业前，曾向有专业烘焙经验的朋友请教，认真学习了甜点制作。

次子良太先生负责做料理。身为斜里窑的陶工，却非常喜欢做菜，曾在斜里市区开过餐厅。

登。没想到，当时没采用的照片现在却成了对于过去的记录，可以让我们进行前后对比，有了意想不到的价值。

在焕然一新的店内，负责咖啡店的是中村家的年轻一代——中村先生的次子中村良太先生和长媳亚纪子女士。"次子＋长媳"的组合也许看起来很奇怪，但从某种意义上说又非常有中村家的特色。"中村家"这三个字在我的认识中已经变成了形容词，因为中村家完全不像普通的父系家长制家族，家庭成员之间的关系平等而融洽。

在东京长大的中村家第一代——中村二夫先生曾经四处旅行，最终来到了北海道最东部。"我要做一个能在斜里自食其力的男人！"怀着这样的决心，他立志做一个陶艺匠人，并成功地打开了自己的一片天地。后来，他的两个儿子也长大了，他们非常热爱斜里，完全不想离开，于是两人也都成为了陶艺匠人，大家愉快地一起生活。这

左／这栋建筑原来是制陶室。二夫先生也是木匠，这是他在20多年前盖的。　中／院子里果树花开，清香袭人。
右／餐桌是用废旧材料做成的，很有茶席风格。

样一个兴旺家族的后续故事或许更让人感兴趣。二夫先生自己就是一个热爱旅行、喜欢自由的人，子承父业是他从未想过的事情。"父亲不但没有鼓励我做陶艺，反而劝我别干这一行。"良太先生说。

可是为什么要开咖啡店呢？良太先生这样回答："作为陶艺工坊，我们希望客人们能享受使用陶制餐具的乐趣，更深切地体会到，在日常生活中使用自己喜欢的陶器具有重要意义。这是我们的初衷。"

实际上，对于陶艺工坊来说，准备日本本州展览会的展品几乎占据了工作的全部。"不过，我们始终希望尽可能多做一些不脱离本地的工作，如果既接地气，又和陶艺有关，那就再好不过了。"

kohikiya 是因为斜里窑才开起来的。在这个空间里，如果店家能在与客人的互动中，使客人对陶器有更多更深入的认识，就足以令人欣慰了。比如，给同桌的几位客人用不同样式的陶器冲咖啡，或是在抹茶甜点套餐中试着用昂贵的茶杯盛放茶饮。当然，这一切绝不会强加于人。不过，只要有机会改变客人对陶器的认识、哪怕只是一瞬间的改变，就足够了，kohikiya 将努力实现这一点。

真正丰富的生活文化，只有在器具的制作者和使用者双方都成熟之后才能建立起来。让斜里丰富的生活文化成为咖啡店成长的基石，这是中村一家的小小心愿，也许听起来有点夸张，但这也是一个了不起的理想。

左／乳酪蛋糕＋抹茶慕斯套餐（550日元）。用的食器都是斜里窑的手工作品，支持选购。　　中／甜点每日更换，品种丰富。从上到下依次是巴伐利亚草莓布丁、泡芙、抹茶蛋糕卷。　　右／用小盖碗盛放食物的套餐（750或1200日元）。店员会将漆器托盘放在餐台上，让客人选择喜欢的端上桌享用。

内部装修时只改造了厨房设备，其余的只是"打扫了一下"。吧台地板下存放黏土的储物空间还在继续使用。

斜里窑
斜里窯
斜里町峰浜 110
TEL.0152-28-2123

陶艺工坊 cafe kohikiya
陶房 cafe こひきや
营业时间／ 11：00 ～ 18：00
（星期日 13：00 ～ 18：00）
休息日／星期三（偶尔临时休业）
http://www9.ocn.ne.jp/~nobori/
※ 在斜里窑烧窑期间，会休业一星期左右。

3 年前采访时的旧照
1.以前狭窄凌乱的样子。很难想象这里会变成咖啡店。 2.现在改建成了吧台空间,过去放着用来晾陶坯的货架。
3.安放脚炉的地下储物空间过去用来收纳陶艺转台。照片中的是脚蹬式陶艺转台。 4.去年新开了登窑的斜里窑。
照片中是窑内旧景。窑壁长期受灰和火焰的影响已呈玻璃状,拆下来的旧砖用来装饰桌面(参见 P.196 右下图)。

图书在版编目（ＣＩＰ）数据

享受北海道 / 日本KUNAW Magazine著 ；孙健译. ——
海口 ：南海出版公司，2018.4
ISBN 978-7-5442-8119-5

Ⅰ. ①享… Ⅱ. ①日… ②孙… Ⅲ. ①散文集－日本
－现代 Ⅳ. ①I313.65

中国版本图书馆CIP数据核字(2017)第292866号

著作权合同登记号　图字：30-2017-041

享受北海道
日本 KUNAW Magazine 著
孙健 译

出　　版　南海出版公司　　(0898)66568511
　　　　　海口市海秀中路51号星华大厦五楼　　邮编 570206
发　　行　新经典发行有限公司
　　　　　电话(010)68423599　　邮箱 editor@readinglife.com
经　　销　新华书店

责任编辑　秦　薇
特邀编辑　郭　婷
装帧设计　朱　琳
内文制作　博远文化

印　　刷　天津市银博印刷集团有限公司
开　　本　700毫米×990毫米　1/16
印　　张　12.75
字　　数　170千
版　　次　2018年4月第1版
　　　　　2018年4月第1次印刷
书　　号　ISBN 978-7-5442-8119-5
定　　价　59.00元